風の肖像《かたち》

「つながり」生きる人びと

河北新報社編集局▶編

世織書房

プロローグ——時代動かす一歩、地域から

「遠い空想」だった未来が「近い現実」の明日になる。

《二一世紀》。かつて「夢の世紀」といわれた時代を、私たちは生きていく。

「発展」と引き換えに衰えゆく自然、「進歩」の陰で揺れ動くいのち、「効率」優先の時の流れにかすむこころ——。混とんのまま暮れた二〇世紀から引き継いだ宿題は軽くはない。

現実になってみれば「夢の世紀」は「不安の世紀」となって目の前に迫ってはいないか。

嘆くことなく、宿題と一つ一つまっすぐ向き合うこと。

そこから新しい未来をひらく希望について語り合うこと。

「夢の世紀」を「不安の世紀」にしないため、節目を生きる私たちの明日へのまなざしと一歩は大きな重みを持つ。

＊

希望の芽は地域の「いま」の中に育っている。

「木を切り過ぎた」と持ち山の広葉樹林の再生に取り組む林業家に出会った。都会の人たちと力を合わせた森づくり。「昔の豊かな山に戻したい」。そこでは次の一〇〇年が語られる。

「手をつなごう」と、こころ悩める人たちの集いの場を開く人がいる。障害のある、なしを超えた語り合い。「助け、助けられ。輪が広がれば世の中はきっと変わる」。人の交わりに社会の再生を求める試みが続く。

「一歩を踏み出せば人はつながり、思いはかなう」。アフリカに木を植える活動をゼロから起こした人の言葉は熱い。「過去を知ってこそ未来の平和は守られる」。戦禍の記憶を記録し続ける人の言葉は重い。

＊

明日を向く人たちの姿が、地域の中でそっと弾み始めた。

そこにあるのは「関係」や「つながり」への目覚め。人と自然、人と人、個人と社会、過去といま……。二〇世紀が見失った「つながり」の価値に気付き、地道に「関係」の紡ぎ直しに動き始めた人たちの中から、かすかな空気の揺れは起きている。

その揺れはきっと時代を動かす力、明日をつくる「風」になるに違いない。地域に吹く小さな「風」が無数に重なるとき、世紀は夢を明日へつなぐ。

新しい時代を迎える高揚感を共にし、新しい時代に生きる責任を確認し合う。地域にある一つ一つの「風の肖像《かたち》」を見ていくことから、《二一世紀》への一歩を始めたい。

風の肖像

目次

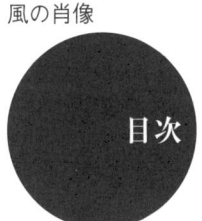

＊取材・執筆は河北新報社編集局の武田真一、成田浩二、大泉大介〈以上特報部（当時）〉、梨沢利雄、及川圭一、佐藤正之〈以上写真部（当時）〉が担当した。

＊登場人物の肩書、年齢などは原則として連載掲載時のままとした。

風の肖像

kazenokatachi

東北・新世紀のちから

風の肖像　　　　I

見つめる

〈見つめる〉――――――――――――

足元の日常に「確かなもの」を求めて生きる人たちがいる。八甲田の森で自然のいとなみにカメラを向け続ける写真家、がん患者との語らいに出会いを見る病院ボランティアの主婦、都市住民との交流から豊かさを問い続ける農民。「森と人」「いのちと人」「むらと人」――。時の移ろいの中でも揺るがない「つながり」の価値を《見つめる》人たちのまなざしに風を見る。

森と人

細川　剛

Hosokawa　Takeshi

「森や自然と縁を深めるため、僕はもっとここで迷い続けます」

◎

あるがままを受け入れて

森にいる。

夕から夜へ。暮れる一瞬を覆う「青の時間」。枝葉は一つに溶け、そろそろ手の輪郭も怪しくなった。

「いろんなものが入れ替わる時間ですね」。そばに座る「森の写真家」が言った。「去るものと来るもの、それぞれがためらいながら移ろう。はっきりした時間には見えなかったものが、ぐうーっと近づいてくる感じ。僕は好きです」。

暗くてもう表情はうかがえない。声を通して伝わるのは森の気配に弾んだこころの震え――。耳は葉ずれの音に立ち、肌は下草を揺らす微風に騒ぎ、鼻は土が放つ香りを拾い始める。

〈森は時間のるつぼだった。朽ちていくもの、生まれてくるもの。……吹く風や流れる水、転がる石の中にさえも時間はあった〉

闇に澄んでいく感覚の中で、森通いの繰り返しから紡がれた「森の写真家」の言葉を思う。

〈僕の体にはきっと人間の価値観がつくった経済の時間が流れている。でも、体の奥のほうにはまだちゃんと生命の時間が流れているのだと思う〉

〈森の中で時をすごすうちに、そんな生命の時間が僕の体のなかで大きくなっているのだろう。森の中にいる間は、森の中にある「しあわせな関係」に、僕も少しだけ加わることができるようになってきたのかもしれない〉

＊

十和田湖の北、青森県八甲田山系のブナの森。

そこは十和田市の細川剛さん（四二歳）が一〇年以上、撮影で通い続けている「縁の深い」フィールドだ。九月初旬、細川さんの案内で森に入り夜を過ごした。

細川さんは東北の森を足場に主に自然と人の営みを撮り続けている。「森の写真家」。一九九七年に出した写真集『森案内』（小学館）で名は定まった。

コケむす朽ち木に育つ実生、ホウの花に群がる甲虫、幹の割れ目から噴き出す泡、さんご模様の粘菌、くも糸に垂れる雨粒、氷に閉じこめられた冬芽……。

春夏秋冬テントで寝起きを繰り返して撮られた写真に貴重とされる動物の姿は一つもない。きれいな花も並んでいない。

写るのはただ「時間」と「関係」が広く深く重なる場としての森。人間の一方的な価値観を離れた視線は注目され、九八年に国際的な写真賞「東川賞」の作家賞を受賞した。

一緒に入った八甲田の「縁の深い」森も写真集の舞台になっている。標高五〇〇メートル。道から三〇分も歩けば着いてしまう、人の手も入ったごく普通の森だ。

＊

細川さんが雑誌連載で一年半通い、撮影し続けたというブナのそばにテントを張り、夜の森を歩いた。

闇にぼおーっと光るのはツキヨダケ。傘をめくると裏で太ったナメクジが食事中だった。足元で崩れた倒木の中から光の帯がこぼれる。菌糸が織りなす光のショーに思わず声が出た。

ブナの幹でぽつんと光るホタルの名残灯。深夜遠く響いたムササビの声。圧倒的な生命感と共生感に身が締まった。細川さんが言う「しあわせな関係」のかけらがそこにある。

「珍しいから、貴重だからと、頭で理解してしまう前にまず感じることなんですよね」

細川さんが森からの学びを口にした。「足元にあるものをあるがまま受け入れ、見つめること。自然との関係はそこから始まるんだろうって。僕自身、森から教わったことなんです」

自然を分析し利用し遠ざけた世紀の終わりに、写真家が対話する東北の森。

夜が明け雨の朝。目の前のブナは前日よりずっと身近な隣人となってそこに立っていた。

時間の重なりにとけ込む

森に着くと気に入った場所に小さな一人用テントを張る。そのままずっと一週間、一〇日間。夏も冬も寝起きを繰り返し、可能な限り長い時間を過ごす。

森に居座ること。

十和田市の写真家細川剛さんの「見つめる」仕事はいつもそこから始まる。

「テントの前でぼおーっとしています。退屈とは思わない。そういうときはふだん意識しない心臓の音も聞こえてくる」

体の奥を流れるいのちの時間が森の時間と同調したら、足は森の中へ。

気になる木に出合うと幹の肌にふれ、ぐるぐると回る。体を震わせながら羽化するアカエゾゼミの姿を見て一緒に力む。台風で倒れた木のそばを通るたびに声を掛けて歩く。

カメラを手にするのはそれからだ。「僕はアーティストではない。自然から手紙を受け、届ける郵便屋ですから」。森にとけ込む足取りをそのまま「手紙」集配の一歩に重ねてきた。

「子供のころ、森はテレビの中でしか会えないあこがれの対象でした」。細川さんは振り返る。兵庫県西宮市で生まれ育った。遠い「自然」。都会育ちにコンプレックスを感じ、少年の目はあこがれの森や動物に向いていく。

大学は十和田市の北里大獣医畜産学部へ。「動植物が豊かな東北のブナ帯に近づける」と決めた選択だった。在学中にムササビの撮影で知られる地元十和田の写真家菅原光二さん（六一歳）と出会い、弟子入りした。

大学院修了後も十和田に残り、写真家の道へ。一九九二年には森の写真で大手カメラメーカーのカレンダーを担当した。東京でその写真展も開いた。森との関係も、写真家の歩みも順調に見えた。しかし――。

＊

森の写真展が、私淑する写真家から批評された。「よくないねえ、って。実はそのころちょうど、森に違和感のようなものを感じ始めていた。見透かされた感じでショックでした」。

楽しいはずの森に行っても居心地が悪い。森に入れば入るほど「違和感」は膨らむ。それは二〇代、下北半島の寒立馬《かんだちめ》を撮影中に、馬にけられて左ひざ骨折の大けがを負った経験とだぶった。

「野生こそ貴重というブランドの視点で、飼い馬の寒立馬を半分ばかにしながら撮っていました。そこをやられた」。「野生」を超えた「いのち」に目覚め、寒立馬と向き合い直し、写真集にまとめた経験。

「なぜ森を撮るのか、森で何を見たいのか。僕には見えていなかった」。反省を経て、森通いのやり直しは始まった。

＊

頭でなく体で森とつながること。きれい、珍しい。分かったつもりになっていた森の価値観は捨てた。

あえて身近な八甲田の普通の森を選び、大木でも美樹でもないブナを一年半追い掛けたのもそのためだ。一年に三〇〇日近く森で寝泊まりした年もある。

そして数年。森に素直に座れる自分を発見した。

撮った写真は「変わったね」と評されるようになった。ていねいに紡いだ森との「関係」をもとに、出世作の写真集『森案内』はようやくできあがった。

「朽ち、生まれ、食う、食われる。木も動物も植物も、土も風も水も、それぞれの時間が重なり、不思議な一体感があるのが森でした」と細川さん。

「森の中のいのちのつながり、時間が重なる関係がとても幸せに見えた。そこにつながる自分を見つけることが、僕にとっても幸せなんです」

生態系のための森、水環境のための森。「だから守ろう」と叫ばれる森。言葉の陰にある大きな忘れものを、細川さんは東北の森で追い続ける。

しあわせな関係、身近にも

ゆっくりゆっくり河川敷の道を歩く。

「もり！」。そばを行くシベリアンハスキーが跳ねた。一〇年ほど前に同居を始めた捨て犬。好きな「森」にちなんで名前をつけたという。川風に吹かれる二つの影が弾んで見える。

細川剛さんにとって、「もり」を連れた河原歩きは、かけがえのない日課だ。

走行距離二〇万キロ近いワゴン車に相棒を乗せ、自宅から約十分の川へ。一時間でも二時間でも走ったり、座ったり。気が向くままに時間を過ごす。

十和田湖の有名な渓流の下流になるため「奥入瀬川」の名は付くが、そこにはもう格別の景観はない。やぶ原に雑木。護岸に泥道。橋が渡り、砂利工場もうなる。夏になればよどみは泡立ち、におう。

東北の地方都市のどこにでもある河原。そんなありふれた場所で過ごす時間を、細川さんはいま「とても大切な時間」と感じている。

＊

きっかけは森の「しあわせな関係」を見つめた写真集『森案内』だった。

「やっぱり森はいいね」「森のそばにいる人がうらやましい」。写真集の反響でそんな言葉を聞くと、細川さんはしっくりしない気持ちになった。森が特別な場所と意識されることへの違和感だった。

「僕が森で感じてきたものは、森にしかないものだったのだろうか」。疑問を胸に日常を見つめ直す。たとえば毎日通う河原。「座ってぼけーっとしていると、森と同じように気持ちよくなる。ひょっとしたら僕は河原でも森と同じものを感じていたのかもしれない」。細川さんは河原にカメラを向け始めた。

初夏草むらでひなを抱えるイソシギに出合う。晩秋モズのはやにえを見た。イタドリの慎ましやかな芽吹き、朝霧を浴びたアキアカネ、りんとしたセイタカアワダチソウの枯れ姿……。

人が「汚い」とさえ言うやぶ原に、「森の写真家」は「流れるようにあるたくさんのいのち」を見た。四季の記録は「僕の川原日記」と題して一年間、月刊誌に連載した。

「森の中の重なり合う関係とは違った、あふれるような生命力の響き合いが河原にはありました。見慣れた風景が意味を変えていくと、生活は本当に豊かになっていきます」

「森の写真家」にとって河原歩きは、森通いと同じように「しあわせな関係」の入り口になっている。

＊

「自然」という言葉がもてはやされる時代。「たとえばそれは白神山地のような神聖化され、ブランド化された森の中だけに閉じこめておいていいのだろうか」と細川さんは問う。

「自然は大切」と言いながら、暮らしは自然の道理から離れていく矛盾。

「みんな生命力を感じて自然を守ろうと言っているわけではない。頭で理解する前に、自然の幸せな関係に踏み込むこと。それは森でも河原でもできることなんですよね」

身近な場に「自然」を感じることをすべての出発点にしませんか、そうすれば本当に大切なものが見えてきますよ――。

森通いと河原歩きで集めた「手紙」をもとに細川さんはメッセージを送る。

舞台にするのはあくまで東北の森と自然だ。

「十和田と東北の風土は僕にいろんなことを教えてくれた。どんなスケールの大きい海外の自然より、何気ない日常の喜びがある自然のほうが僕を高みに導いてくれます」

東北の森通いで深まった細川さんの「見つめる」決意は、さらに明日へ。

「森や自然と縁を深めるため、僕はもっとここで迷い続けます」

いのちと人

中山信子

Nakayama Nobuko

「生きることのかけがえのなさ。学ばせてもらっているのは、私の方なんです」

語らい寄り添い心支える

支え合ういのちを見た。

ソファに横になる人、そばに座ってその脚をさする人。

九月下旬、柔らかな日が差し込む家の居間。二人はゆったりとした時間の中にいた。

「みつ」さんと中山信子さん（六七歳）。「具合はどう」。世話をする中山さんが声を掛ける。「うん、だいぶ楽になった。血が流れていくのが分かる」。横になるみつさんが言葉を返す。

よほど気分が落ち着いたのだろう、青白かったみつさんの顔に桜色が戻った。起き上がると中山さんとともに縁側へ。家族のこと、天気のこと。いつものように世間話が始まった。

「何でもいい。こうやって話ができるだけで幸せ。こんな体になって初めて分かった。皮肉よね」。

みつさんが少し声を詰まらせながら、つぶやく。

「そうね」と相づちを打つ中山さん。「楽になってもらえたのなら、よかった」。笑顔を返し、みつさんを見つめる。

「大切な関係」を確かめ合うように手と手を重ね、二人の語らいは遅くまで続いた。

＊

中山さんがみつさんと出会った場所は、ボランティアとして通う病院だった。

仙台市泉区で夫と暮らす中山さんは、主婦の傍ら一九九三年から市内の総合病院で「病院ボランティア」を続けている。

週に一度病院に足を運び、花瓶の水を入れ替えたり、食事の後片づけをしたり、話し相手になったり。無償で入院患者の身の回りの世話をする。

医師や看護婦が対応できないような細かい世話をする中で患者と心のきずなが芽生え、家族以上の支えとして頼りにされるボランティアは少なくない。

中山さんもその一人。とりわけ、みつさんにとっては「かけがえのない人」になった。

みつさんは回復の見込めない病を背負って病院へ来た。以前手術した大腸がんが肝臓や骨盤に転移した。末期がん。薬で痛みを緩和しつつ病状の安定を祈る以外にないことを知った。

病床で言葉を交わす時間が重なる中で、中山さんはみつさんから身の上を聞かされた。絶望のふちにいる患者と、じっと話し相手になるボランティア。

「いろんな話をした。心の友になった」とみつさん。揺れるいのちを前にして二人の関係は深まった。

みつさんはその後病院を出て、自宅で残る日々を過ごす道を選んだ。「退院で終わりにしたくない」。どちらともなく言い出し、きずなは病院の外へ。

中山さんが週に二日ほど仙台市内のみつさん宅を訪ね、一緒の時間を過ごす関係が一年近く続いた。

そして、一〇月下旬――。

みつさんは六六歳の生涯を静かに閉じた。

*

医師の往診とヘルパーの介護を受けながら、細り行く自分のいのちと向き合い続けたみつさん。生前、中山さんとの語らいの中では笑顔も見せながら、こんな話をしていた。

「病気になって初めて見えてくるものってあるんですよ」

「生きるということは、人のつながりの中にいるということかもしれません。多くの人から心配してもらい、いまは出会いが輝いて見える」

みつさんにとって中山さんとの語らいは、最期まで生の実感を膨らませる支えだった。

「みつさんを支えているように見えて、私の方が支えられていました。みつさんが私を待ってくれている。それは私の大きな励みでした」。悲しみをこらえ、涙に声を詰まらせながら中山さんも振り返る。

一年間いのちを見つめて語り合った二人。生と死のはざまで心を通わせ、寄り添い、支え合った日々は永遠に。

ひとりでは生きられない

じっと耳を傾ける。笑みをたたえ、目を見つめながら。

末期がんで自宅療養する患者と病院ボランティアの主婦として支え合った一年間。一〇月に亡くなった「みつ」さんと生前語り合うとき、中山信子さんはほとんど聞き役になった。

「この前はごめん。長い愚痴を聞かせてしまって」

「そんなことないのよ」

みつさんの口からは不安やため息も漏れた。重苦しい話が出ても一言一言受け止め、まなざしを返した中山さん。

「しんどいと思うんです。こんな病人の話を聞くのは」。みつさんは気遣ったが、「こうして一緒にいられるのは私にとっても、うれしいことなの」と中山さんはまた笑顔を返した。

病で苦しむ人にとって、そばで話を聞いてくれる人がどれほど大きな支えになるか――。

「それは私自身が経験し、知ったことなんです」。中山さんは自分の人生観を変えた転機を静かに振り返る。

＊

中山さんは兵庫県明石市の生まれ。一一年前、実家の兄が倒れ、仙台市泉区の自宅を長く離れて、兵庫県内の病院に寝泊まりしながら看病を続けた。

病名は直腸がん。余命が少ないことを本人には告げられなかった。「手術したのにどうしてよくならない！」。毎日不安と恐怖を訴える兄。「こちらも気が変になりそうでした」。生と死のはざまで、孤独に苦しんだ身内の姿を思い返し、中山さんは目を潤ませる。

半年後、大阪の病院に移って状況は変わった。死が迫った人たちが穏やかに末期を過ごせる医療を行う緩和ケア施設「ホスピス」の病棟。中山さんの兄はそこで告知を受けた。

一晩中泣き明かした後、兄の表情は落ち着いた。まもなく自分から進んで歯の治療に通い始めた。電車に乗って知人宅を訪ねた日もあった。積極的に人とかかわろうと動き出した。

ホスピスではボランティアの人たちから、身の回りの世話を受けた。ボランティアは世話の合間に患者に声を掛け、話し相手になり、心を和ませる。

「兄は残りのいのちをどう生きるかと考え始めた。いろんな人たちに囲まれ、自分はひとりではない、という実感が力になったんだと思います」

中山さんも、ボランティアを話し相手に看病の悩みや苦しみを打ち明けた。

「聞いてくれる人がいるだけで力が出る。気持ちが楽になった」という。

ホスピスに移って三カ月後、中山さんの兄はみんなに見守られて静かに息を引き取った。

＊

中山さんはいま、自身が病院ボランティアとして患者に接している。主婦の傍ら総合病院に週一度通う。その合間にみつさん宅の訪問も続けてきた。

「兄と自分が受けた安らぎを返したい」との思いで始めたことだったが、立場が変わり、思いも掛けずボランティア側の充実感を知ることになった。

「よいことをするんだと意気込んだ時期もあったけど、そんな姿勢は患者さんから拒否されて」。哀れむのではない。してあげるのでもない。耳を傾け時間を一緒に過ごす――。

すると、次第に自分にとっても大切なものが見えてきた。

「人間はひとりでは生きられない。患者さんも自分も。それが分かり、患者さんと語り合うことは私の支えになった」。そう言って中山さんは続ける。

「お世話した患者さんの死はこれまでに何度か経験してきました。そのたびに深い悲しみに沈んでしまいます」

「でも同時に、最期まで生きようとした患者さんたちの姿に私はとても励まされた。生きることのかけがえのなさ。学ばせてもらっているのは、私の方なんです」

出会いに感謝、今を生きる

さりげなく死が語られる。

「私は死と仲よく付き合っています」。テーブルを囲んだ人の輪から声が上がった。六〇代の女性。四年前に肺がんの手術を受けた。再発が確認され、「余命数カ月」の宣告を受けているという。

「死はだれにでも訪れるものだから」。同年代の別の女性も話し始めた。乳がんの再発が見つかって間もない人。「こうやってみんなで話ができるだけでホッとする。参加できてよかった」。座が和んだ。

仙台市青葉区台原の住宅地にあるキリスト教系の教会「ナザレの家」。そこで月に一度「生と死を考えるセミナー」という、いのちを見つめる小さな集いが開かれる。

一〇人ちょっと、二時間ほどの語り合い。だれも悲嘆に暮れる様子はない。それぞれが死と向き合い、互いの「いま」を確かめ、語り合う集い。

末期医療に関心のある人が一九八九年につくった「ターミナルケアを考える会」が開く。仙台市内の医師や看護婦、告知を受けたがん患者、その家族、遺族たちが参加している。

*

会員には病院ボランティアも多い。泉区の中山信子さんも「考える会」に入って七年になる。末期がんの兄をみとった体験、ボランティアでふれ合う患者との出会い、セミナーでの語り合い。学んでいるのは「死と向き合うことの尊さ」だ。

「死を考えることはとても恐ろしい。縁起でもないことといわれる。でも、だれにもいずれは来ること」と中山さん。

「亡くなった兄もそうでしたが、死を受け止められると人はいのちに目を開き、生きることに向かう。みんなで一緒に死を見つめることで、私も自分の生を考えさせてもらっているんです」

初めは、死にたくない、死ぬのが怖いと泣き叫ぶ患者がほとんど。どうして自分だけと怒りだす人にも会った。

同じ苦しみを背負う家族に語っても悲しみは増すばかり。だれにも分かってもらえない不安と恐怖。死を目前にした人は孤独の中でうろたえ、もがく。

そこにボランティアがそっと寄り添い語り合う。セミナーの人の輪が不安を包み込む。「ひとりではない」。気持ちが落ち着いたときに始まる新しいいのち。話す、聞く。つながりが生む力に、中山さんは何度も目を見張らされた。

「家事をする。落ち葉を掃き集める。生と死を語り合った後は、自分のささいな日常も意味を持って見えてくる」と中山さんは言う。信仰に近い感覚。体験から学んだことで、それは確かな信念に育っている。

＊

中山さんとの語り合いを支えに自宅療養を続け、一〇月に亡くなった「みつ」さんも、中山さんの誘いでセミナーに参加し、死を語り合ったことがある。

死と向き合ったことでみつさんには変化が起きた。仙台市内の自宅の居間を、車いすでも暮らせるように畳敷きから板張りに変えた。カーテンも明るいピンク色に一新した。

「こんな私に中山さんは勉強させてもらっている、なんて言うの。そう言われると、やっぱりうれしいわよね」

九月下旬、真新しくなった居間で、みつさんは顔をくしゃくしゃにして語った。それは紛れもなく、あしたを向いた言葉だった。

みつさんがそんな言葉を口にした後、中山さんはみつさんとともに涙を流し、「ありがとう」と手を取り合った。

＊

生きることも死ぬことも、ぼんやりかすんで流れる時代。限りあるいのちをまっすぐ見据えて生きる人たちがいる。

だれのためでもない。この世の出会いに感謝し、つながりを生きる人間の日常のいとなみとして。

むらと人

栗田和則

Kurita Kazunori

「人はそこで暮らすと決めた時、初めて生きる力がわく」

◎

忘れられた誇りを求めて

むらがある。

そこに通じる道が舗装されたのはつい一〇年前のことだ。一年前まで「余力があったら除雪する道」だった。冬は二メートルの雪に埋まる。それでも除雪は長い間後回しの扱いにされた。

戸数わずか一四。六〇人が暮らすだけ。町で一番奥にある。訪ねる人も少なかった地区、山と田んぼだけが広がる集落――。

そんなむらで二〇〇〇年夏、「二一世紀」が語られた。

「二〇世紀は進歩と発展を求めるあまり、多くの矛盾を生んだ時代だった」

会場の公民館に講師の言葉が響く。一三年前まで小学校の「冬季分校」だった木造平屋の建物。築五一年。畳敷きに改装された「教室」に座り、人びとがじっと耳を澄ました。

「二一世紀に私たちは何を残したらいいか。歴史の中で残ってきたものは信用していい。時代が変わっても信頼できるもの。農村にはそれがある」

裏山の杉林から届くせみ時雨を背に、講義は続いた。

「いつの時代も共同体の中で人は生きてきた」

「人は自然の営みの中でこそ生きられる」

むらの暮らしの確かさを説く言葉が繰り返され、参加者たちが目を閉じてうなずいた。

「こうやって足元を見つめ直す。農民であることについて考える。ここに生きることの価値を確かめるわけです」

むらの明日を思う「教室」の様子に、集まりを呼び掛けた栗田和則さんの表情が和む。五六歳。「若い人が熱心に聞いていた。理解が深まっているのを感じる」。しわが刻まれた顔から笑みがこぼれた。

＊

秋田県と境を接する山形県金山町の杉沢地区。金山杉で知られる人口八〇〇〇人足らずの町にある小さな集落で毎年夏、集いは開かれている。

七回目を迎えた「山里フォーラム」。地区の人たちと外から訪れた人たちが一緒に山里の暮らしについて考える。企画、運営するのは栗田さんら杉沢で生まれ育った農民たちだ。

「自信と誇り。忘れられたものを取り戻そうと始めたものです」。実行委員長を務める栗田さんが「願い」を語る。

「多くの人が長い間ここの住民であることを恥ずかしいと思い、隠そうとしてきた。生きていくうえで何が最も大切なのか。みんなが見失い、むらは沈んでいった。立ち直るには農村に生きる哲学が必要でした」

今ある普通の暮らしの中に豊かさを見つけてこそ、むらで生きられる。外の目とつながることでその豊かさに気付くことはできないか――。思いは「山里フォーラム」に行き着いた。

*

一九九四年の第一回以来、講師には東京から内山節さん（五〇歳）を招く。群馬県の山里に通い、農作業をしながら労働や農村を論じる在野の哲学者。共生、自由、時代。農村を問う根源的なテーマで話を聞く。

そして「シンポシオン」。講義を受け、参加者たちが酒を酌み交わし、語り合う。

東京や宮城、遠くは京都からサラリーマンや主婦ら五〇人が参加した。「自然の恵みに感謝して生きたい」「家族といのちの大切さを伝えていきたい」。杉沢から参加した一三人の農民たちとともにテーマの「二一世紀」を議論した。

難しい話だけではない。身辺の苦労話を含め、互いにとりとめのない日常も語り合う。

交流から見えてくるのは、むらで生きる希望。「都会の人も迷っている。われわれも迷っている。ともに必要とするのは時代に流されない生き方。むらにはそれがあるとみんな気付き始めた」と栗田さん。

「後回し」だったむらで、誇りを見つめて人が生きる。

迷い悩み気付いた豊かさ

白壁に大きな屋根。杉林を背負い、ログハウスふうの建物がどっしり二棟並んでいる。入り口に下がる墨書の大きな看板が目に飛び込んだ。

〈暮らし考房〉。工房ではなく「考房」。山形県金山町杉沢の栗田和則さんが一九九三年、自宅敷地に完成させた。

「手づくりで建てました。最初は仲間のたまり場でした。その後、外の人たちにも開放しているんです」

自前の建物を紹介する栗田さんの言葉がぽんと弾む。

暮らし考房は、伝統のあい染めを体験できる棟と宿泊棟に分かれる。むらを訪れた人が滞在し、ヤギの乳を搾り、山菜をつみ、畑の草を取り、帰る。

はやりの言葉で「グリーンツーリズム施設」と紹介されることも多いが、「観光やもうけのために人を受け入れるつもりはありません」と栗田さん。

「むらの日常をみんなで共有し合うための場ですから」。一緒に運営する妻のキヱ子さん（五四歳）も言葉を継いだ。

暮らし考房完成の翌年始めた「山里フォーラム」と同じように、むらにこだわる気持ちがそこには込められている。人との交わりから、むらに生きる自信と誇りを取り戻したい――。栗田さんの農民として生きる歩みの中で膨らんだ「願い」だ。

＊

「若いころは、このむらで農業を続けることに悩んだ」。栗田さんは半生を振り返る。

町一番の奥地杉沢地区の中でも最奥にある農家に、長男として生まれた。むらに生き、農業を継ぐのは「宿命」だった。普通科志望で地元の高校を志願しても、親や周囲の意向で進路は定時制へ。中学卒業と同時に働き手として田んぼに出た。

農作業自体は嫌いではなかったが、農業は山間地に適さない大規模化、機械化、化学肥料投入による生産性優先の方向へと向かい始めた。杉沢でも出稼ぎが始まった。一時ダム建設計画が持ち上がり、むらが補償金に浮き足だったこともある。

「むらがどんどん経済論理に組み込まれていくのを見た。自信も誇りも壊れていく。自分も物をつくることより、物を買う暮らしにあこがれた。ここに生きる意味を見失いました」

揺れ動く栗田さんを救ったのは、農村の暮らしをその本質から見つめる視線だった。

七〇年代初め、二七歳のとき農業者向けのセミナーに参加した。そこで「農業は農業であり、工業にはなれない」と説く農学者の思想にふれた。

「農村で生きていくには、時代に惑わされず、農村の価値を見つめる以外にないことに気付かされました」

＊

見方を変えると、まきを燃料にした暮らしが外国の石油に頼る暮らしより合理的と思えるようになった。

家の脇の池が台所の排水を受け止め、それでコイが育ち、山からの沢水とともに田んぼに流れ込む。代々受け継いだ身近な仕組みにも、自然循環の気高い思想を見るようになった。

コメ一本でなく山菜栽培を始め、持ち山に入り植林に力を入れた。後に山菜はむらにとって貴重な現金収入の道を開き、祖父の代に植えられた杉は九三年の大冷害の苦境を救った。

「自分らしい暮らしを自分で築いていく。私は自創自給と呼んでいます。金に換えられない豊かさに気付いたとき、ここで生きる自信ができました」

暮らし考房で栗田さんは、「ほどよい豊かさがある」と言えるようになった杉沢の暮らしをそのまま公開している。

自然回帰の波に乗り、最近は東京などから年間一〇〇〇人が暮らし考房を訪れる。

暮らしを見つめ直したいと通う都市の人たち。それを受け止め、自分にとってのむらの価値を確かめ続ける栗田さん。

むらに芽生えた「関係」で自信は確信に変わりつつある。

共生の希望、語り続けたい

ヤギの乳搾りをしながら、東京から来た女性がつぶやく。

「ここには安心できる暮らしがある。物も情報もあふれる東京にないもの、自然のリズム。そんな場所に自分の身を置くことがうれしいんです」

塩沢郷子さん（二二歳）。山形県金山町杉沢地区にある栗田和則さんの「暮らし考房」に通い始めて四年になる。東京生まれ、東京育ち。サークルの合宿で訪れたのを縁に学生のころから年に一、二度杉沢に足を運んできた。

今春大学を卒業した後も進路を探しながら、むらの空気を吸いに通う。

「もう映画館もカラオケも要らない。いずれ山形県で農業をしたい」。夏に二泊三日で訪ねた際、塩沢さんは栗田さんを前にして語った。「むらのよさをみんなで共有したい」と暮らし考房を開いた栗田さんにとっては、うれしい宣言だった。

「本当に豊かな暮らしとは何なのか。むらで自分を見つめていく人は増えている。それで、私たちもむらの価値を再確認している」と栗田さん。

〈心がどんどんとけていく〉

〈私は回路を閉じて生活していたことに気付きました〉

考房に置かれた「雑記帳」に、訪れた人たちが書き残していく言葉は深い。むらは訪れる人、暮らす人双方にとって発見の場になった。

*

栗田さんはむらの現実も見据えている。積雪二メートルの山間地。農外労働も含め冬場の現金収入がなければ生活は厳しい。「あこがれだけでは、ここでは生きられない」と繰り返す。両親、妻、長男夫婦の六人暮らし。タラノメのハウス栽培で農閑期をしのぐ。一・六ヘクタールの水田と三五ヘクタールの杉林を持つ栗田さんにしてその通り。むらに経済的ゆとりはない。

むら社会の障害もある。杉沢全体に呼び掛けて始めた「山里フォーラム」は、「和則さんが有名になるだけ」という声が上がり、二回目から地区主催を有志主催へと変える事態になった。新しいものへの抵抗感はまだまだ根強い。

今日の現実を嘆いてむらを捨てるのか、明日の希望を語ってむらで生きるのか――。

「ゆとりはないけど、背伸びをしなければそこそこ暮らしていける。むらの人間関係はつながりの力にもなるはず」

悩みを抱えながらも、栗田さんはあるがままの杉沢を見つめ、希望を語る道を選んだ。希望を語り続けるために始めた考房、山里フォーラムの呼び掛けは、むら全体に広がりつつある。

*

〈共生のむら　すぎさわ〉

杉沢の入り口に一九九八年、大きな木製の看板が立った。

都市の人たちを栗田さんの考房だけでなく、地区全体で受け入れようと始めた「運動」だ。民泊、体験、交流。暮らしの技を持つ年寄りは「山里の案内人」、若者たちは「森の案内人」と名乗り、訪れた人たちとむらを一緒に歩き回る。

「このむらでこんなに面白いことができるとは思わなかった」とはしゃぐ年寄りたち。高校卒業後もむらに残り、農業を継いだ若者も出てきた。

栗田さんも動いた。築二〇〇年の自宅母屋を解体、修理。新築と同等の金額を投じ、柱はそのままに古い家の形を守った。三〇年前につぶしたいろりも復元し、炭火を入れた。「息子夫婦が望んだことなんですよ」。いろり端で、うれしそうに栗田さんが語る。

「人はそこで暮らすと決めた時、初めて生きる力がわく。これなら、あと一〇〇年は暮らせる」。天井の高い居間に響いたのは、決意の言葉。

「人間が最後に帰るのは、時代が変わっても変わらない暮らしが続けられる場所ですよ。みんなが帰る場所を、なくすわけにはいかないからね」

むらにあしたの風が吹く。

風の肖像　Ⅱ

伝える

〈伝える〉——————————

時代が変わっても引き継がなければならないものがある。明日の平和を願って掘り起こされる戦禍の「記憶」。少年時代の思いを胸に続けられる海と浜への「まなざし」。民話語りで浮かび上がる地域の「こころ」——。時を超え、世代を超えて受け継がれるべきものに自然体で寄り添い、暮らしの場にある「つながり」を《伝える》人たちの足取りに風を見る。

記憶

千田ハル

Chida Haru

「声を上げ続けないと世の中は簡単に変わってしまう」

命と心の叫びを掘り起こす

二〇世紀最後となった「夏」の一日、二〇〇〇年八月九日――。

広島に続き長崎で、原爆の記憶を新しい世紀へつなぐ誓いの式典が開かれたその日、釜石市では一人の女性が「文集」を手に街を回った。

大正生まれ、七六歳の千田ハルさん。

手にしたA五判、一〇〇ページ足らずの小さな冊子には朱色で『花貌《かぼう》』と題名が付してある。五五年前の「夏」の記憶を掘り起こし、掲載し続けている市民編集の文集だ。

記録を始めて三〇年、二四集目の発行になった。

「長崎と同じように釜石にとってきょう八月九日は忘れられない日です。今年もなんとか間に合ってよかった」。千田さんの顔に、夏の宿題を果たせた安どの表情が浮かぶ。

同時に、あの夏の日を思い返し、目には緊張の色もうかがえた。海から突然飛んできた砲弾、崩れる家、逃げ回る人……。

「どんなに時間がたっても、体験したことの記憶は消えません。あの苦しみを二度と繰り返してはいけない。みんなの思い、それだけで『花貌』の記録は続いてきました」。街を見つめ、空を見上げ、千田さんはじっと言葉を継いだ。

＊

千田さんは釜石市中妻町で夫、息子と暮らす。主婦として日々を送る傍ら、仲間と「花貌」の編集を続けてきた。いまは発行責任者として、釜石を襲った戦禍「艦砲射撃」の記憶と向き合う活動を続けている。

一九四五年、終戦直前の七月一四日と八月九日、釜石は二度にわたって米戦艦の砲撃、艦砲射撃に見舞われた。製鉄の街、重要工業都市の宿命で受けた東北ただ一カ所の災禍だった。

釜石湾沖から市街地に打ち込まれた砲弾は、一六インチ（約四〇センチ）砲をはじめ合計五三〇〇発にも上る。当時人口四万五〇〇〇人、八〇〇〇世帯を抱える都市の大半が焼け壊れ、七五五人の市民が亡くなった。

まとめれば数行に収まってしまう戦災の記録。

「花貌」はそれを、市民一人一人の修羅場の記憶としてたどり、残す。

〈母が妹をおんぶしたままで倒れていました。砲弾の破片が母と妹の下腹部から腰にかけて貫通し、母はもう死んでいました。妹はまだぴくぴく動いていましたが、間もなく動かなくなりました。私は病院にかつぎ込まれ、ひざ関節の下半分を切り取られました。のこで骨を切り取られるときの焼け付くような熱さがはっきり分かりました〉

〈死体の片づけはみんなでやらされた。死体はトラックに積まれて川原に運ばれたが、積むとき、私は手で積んだが、ノンコ（手かぎ）を使ってやった人もいた。ノンコをえりのところに掛けて積むのである。魚を積むように〉

〈警察は「木をやるがらおまえらで焼け」と言いしたが、どうして（防空ごうで死んだばかりの）息子の身体を焼く気になんかなりすべ。……あんな思い二度としたくない。食ったり食わなかったりして、いのちからがら我慢して。それでばかみて、あの思い〉

（「花貌」既刊号より、一部抜粋要約）

＊

つづられるのは、戦禍にほんろうされた人々の命と心の叫び――。遠い昔の幻影ではない、ほんの五五年前の現実として、戦争の非人間性を訴える力に「花貌」は希望をつなぐ。

「広島でも長崎でも、釜石でも、血を流し合うのがいつも庶民であることを、私たちは身をもって知っています。運命を変えられた一人ひとりの記憶の伝承がなければ、戦争の本当の姿は伝わりません」と千田さん。

「市民に呼び掛けを続けていると、毎年毎年違った体験が今も出て来るんです」

苦しみ繰り返さぬために

「千田さんから声が掛からなかったら、こんな話は書き残すこともなかっただろうね」。お茶を出しながら、三浦里子さん（六五歳）はそっと頭を下げた。

三浦さんは釜石艦砲射撃の記憶を記録する文集『花貌《かぼう》』の今年号に、「桐箪笥《きりだんす》」と題した一文を寄せた人。

五五回目の艦砲被災記念日だった八月九日、『花貌』を編集する釜石市中妻町の千田ハルさんは刷り上がったばかりの冊子を届けに、市内の三浦さん宅を訪れた。

終戦当時一〇歳だった三浦さんは、遠野に疎開していたため無事だったが、家は艦砲による火災で跡形もなく焼けた。

「桐箪笥」はそのとき焼け残った箪笥のことを言う。母親の嫁入り道具だったその箪笥は戦禍の混乱の中、近所の人たちの機転により運び出され、奇跡的に難を逃れたという。

半世紀を過ぎた今も、箪笥はすすけた姿で三浦さん宅に残る。三浦さんが重ねるのは戦後の母親の記憶だ。

「父は戦死し母は戦後女手一つで働き、私たち子供を育てました。どんなに大変だったことか」と三浦さん。「その母も亡くなって今年で一〇年です。節目のせいか、何となく最近箪笥のことが気になって」

寄稿を呼び掛けた千田さんが三浦さんの言葉を受けて、うなずく。「艦砲被災当時も悲惨だったけど、戦後の食うや食わずの生活もひどかった。それもすべて戦争だったんだよね。書いてもらって良かった」

＊

犠牲の有無を超えた苦難、極限の中で懸命に命と財産を守ろうと助け合った人たちの姿……。『花貌』が拾った小さな記憶は、ぼやけゆく過去を身近な共感として今につなぎ留める。

一九七一年に艦砲被災記録の第一集を発行してから三〇年、『花貌』は一二三〇編の記憶を掲載してきた。

年に数人分の収録だから決して多い数ではない。編集を担当する仲間はいつも五人前後。日々の生活の合間に手分けし、呼び掛けを続けてきた。

千田さんは主婦として過ごす傍ら、これまで三〇人以上の記憶に接した。人の縁をたどり、聞き取りに出向く。街で同年配の人を見掛けては声を掛け、寄稿を勧めて歩いた。

＊

「戦争体験から」と題した回想文を書いた釜石市駒木町の主婦大久保チエさん（七一歳）も、千田さんから街で声を掛けられた一人。六月初旬、大久保さんは千田さん宅を訪ね、原稿の内容を打ち合わせた。

一六歳で艦砲射撃に遭った大久保さんは、負傷した父親を背負って家に戻る途中、機銃掃射に狙われた際の経験が強く記憶に残る。

「近くの防空ごうに逃げ込もうとしたら、入り口を閉ざされた。情けなくてねえ」

治療も受けられずに死んだ病気の弟、砲弾の破片で子供ともども腕を飛ばされた人の姿。目にした光景を千田さんの前で次々と再現し、語った。

「つらい思い出をこれまでずっと胸にしまい込んでいたんですね。『花貌』の原稿にはそのまま書いてくれればいいんですよ」と千田さんは応じた。

千田さん自身も自分の体験を重ねながら記憶を紡ぎ合う。『花貌』の記録はそうやって、いつも人と人の語り合いの前線で掘り起こされてきた。

「艦砲のことは子供たちにも話してこなかった」と語る大久保さん。なぜ今書き残す気になったのか。「だれにもああいう思いをしてほしくない。二度とあんなことは繰り返してほしくない。私は、ただそれだけです」と答えが返った。

忘れてはいけない、伝え残したい――。「花貌」に託されているのは、人々が胸の奥に抱えた小さな思い。

時の流れと闘い、聞き書く

青春の盛り二一歳で見た惨状を思い返す時、千田ハルさんの目はかすかに潤む。

「戦争に負けるわけがないと信じ、みんなと鬼畜米英を叫んでいた一人でした」

文集『花貌《かぼう》』が伝える釜石市の艦砲射撃被災の記憶は、編集する千田さんにとっても忘れ去ることのできない「ついきのう」の出来事だ。

一度目、一九四五年七月一四日の艦砲射撃は、経理課員として勤めていた日本製鉄（現新日鉄）釜石製鉄所で被災した。

近くの防空ごうに逃げて無事だったが、製材業の実家は全焼した。翌日焼け跡を見に行くと突然機銃掃射に狙われた。「真っ黒焦げになった丸太に隠れ、なんとか助かりました」

二度目八月九日は裏山へはうようにして逃げた。かろうじて命を拾ったものの、一度目一緒に防空ごうに逃げ弁当を分け合って食べた友人が、このとき社宅にいて被弾し亡くなった。

身近で交錯した生と死。「女、子供、老人。罪もない人たちが犠牲になりました。その一つひとつを伝えることが私たちの……」。千田さんは『花貌』の記録作業に、生き残った自分の責務を重ねている。

＊

『花貌』はもとから戦争の記録集だったわけではない。創刊は四七年。製鉄所の社員を中心にできたサークル「詩人集団　花貌」の同人誌だった。

敗戦と引き替えに、虚脱状態の街には、思いもかけず自由の風が吹いた。

〈花の顔一つひとつ違うように個性を大事に生きる〉。「花貌」の命名にはそんな期待が込められたという。

千田さんも自由の風に胸を弾ませ、創刊当時から「花貌」の同人になり、詩を書いた。勤務が再開された製鉄所ではコーラスのサークルへ。組合ができると婦人部の委員に推された。

民主主義、女性解放。「戦争中は言葉も知らなかったことを学びました。聖戦と教えられたあの戦争の意味も分かり始めた」。『花貌』は詩作の傍ら平和集会を活発に開き、行動は広がった。しかし――。

五〇年の朝鮮戦争ぼっ発と前後して起きた思想、文芸活動弾圧の動きによって風はやんだ。集会禁止や職場追放が相次ぎ、自由、平和と盛り上がっていた声は一気にしぼんだ。

「手のひらを返したような世間の嫌な雰囲気」。千田さんは当時の空気をそう表現する。

「平和を守るのは容易ではない。声を上げ続けないと世の中は簡単に変わってしまう」。胸にしこりとして残った思いが、その後の千田さんを支えてきた。

＊

千田さんはもうすぐ八〇歳に手が届く。七一年に艦砲被災記録を『花貌』の仕事として実現させた創刊時からの代表者佐藤恒雄さんをはじめ、仲間の多くは他界した。現在四人が千田さんの編集を支えるが、六二歳が最年少。

一時分冊形式で発行していた艦砲記録も、今は本来の文芸誌『花貌』の一部として掲載する形になっている。活動が細りゆく傾向にあるのは否めない。

「それでも」と千田さんは力を込める。「これは私たちでなくても、いずれ、だれかがやらなければならなかったことではないでしょうか」

七五五人とされる艦砲犠牲者の数さえ、最近は一〇〇〇人以上とも言われ始めている。「まだまだ掘り起こせない話がある。体験者が残る限り、私たちは記録を呼び掛け続けます」

時の流れにあらがって挑むのは、記憶の闘い。

千田さんは最近の『花貌』編集後記にこう書いた。

〈この本を手にしてお読みくださった人は、どうぞ平和を守り続けるために語り部になってください〉

〈来世紀を生きていく人たちの新しい発想でこれからも（戦争の記憶が）語り継がれていくことを心から願っています〉

まなざし

中里栄久寿

Nakasato Ekuju

「残り少なくなった浜に、できるだけ長くいたいだけ」

歩いて遊んで、思い一つに

ごみを拾う。

波音を聞き、潮風を肌に受けて、のんびりとゆっくりと。

決まりも目標もない。参加者四〇人は思い思いに砂浜、岩場へ。空き缶やビニールくずを拾っては、また集う。

波打ち際に駆け寄り貝殻を拾う人。海を眺める人。「ほらきれい」。ハマギクが咲く道では歓声が上がった。

「ここは車で何度も通っているのに浜に下りたことがなかったの」。初参加の女性が汗をぬぐい、笑顔を見せる。「こんなに長い時間、浜辺を歩いたのは初めてですよ。気持ちがいい」

浜の端まで二キロの道のり。気づけば、歩き始めてからたっぷりと二時間がたっていた。

一〇月初旬の日曜日、八戸市の市街地から東へ七キロ、太平洋を望む種差海岸。「はちのへ小さな浜の会」定例のごみ拾いはいつものように淡々と進んだ。

＊

ウミネコの繁殖地、蕪島《かぶ》を起点とする種差海岸は、岩場や砂浜、漁港が一二キロにわたって連なり、ゆったりした景観と七〇〇種の海浜植物が育つ豊かな自然で知られる。

中でも、灯台が近くにある葦毛《あしげ》崎から大須賀浜、白浜漁港までの二キロは人工物がほとんどない。小さな浜の会は、その「昔ながらの海岸線」にこだわり、月一度のごみ拾いと季節ごとのハイキングなどを開いている。

「子供のころは八戸の浜すべてがこんな風景でした」。会長の古川明さん（四五歳）がお気に入りの大須賀の浜を紹介した。「ほんのわずかになったけど、まだ八戸にはこんな浜がある。自分の足で歩いて気付こうよ。そんな感じの集まりなんです」

事務局長の中里栄久寿《えくじゅ》さん（五八歳）も続けた。

「ごみを拾うことが最終目標ではありません。浜を歩いてもらうための仕掛け。遊べる浜をずっと取っておきたいという仲間の思いが原点ですから」

＊

一九八九年、浜の会旗揚げの経緯に志はさかのぼる。

——海が好きな男がいた。毎日毎晩、海に通い、浜辺に張ったテントで過ごす。何をするわけでもない。ただ砂浜に寝そべり、寄せる波の音を聞く。本を開き、酒を飲み、眠る。

まなざしをいつも海と浜に向けている風変わりな男。

そんな男の姿にひかれ、いつの間にかテントに集う人の輪は一一人に広がった。

歯科医、会社員、漁船主、公務員、家具商……。当時二〇代から四〇代まで。男が通う浜で同じように時を過ごすうち、仲間たちは「大切なもの」を思い出す。

「子供のころは毎日毎日、近くの浜で遊んだよな」

「いまは遊べる浜はもうこの辺りぐらい。まだ残っているだけ恵まれているのかもね」

「自分たちが遊んだように子供たちにも、こんな浜を残しておいてやりたい」

子供のころの記憶で弾みがついた一一人の思いは一つに。「楽しい思いをさせてもらっているだけでもなんだから、浜で何か一つ、やってみるか」——。

一一人がテントで遊んだ場所が大須賀浜。仲間の一人の歯科医が会長の古川さん。そして、海が好きな風変わりな男が事務局長の中里さん。

「何か一つ」は、浜で同じ空気を吸い、子供のころの記憶をいまのまなざしに替えた男たちの思いから始まった。

八戸市内で妻と一緒に小さなバーを開く中里さんは毎晩、店を閉めてから浜のそばに設けたテントへ通う。すべてのきっかけになったテント遊びのスタイルをその後も変えることなく、十数年も続けてきた。

「通う人が増えれば、きっと浜を次の世代に引き継ぐ力になりますから」

一人の男の遊びから始まったささやかなこだわり。確かな風に育ち、浜に人を呼び寄せる。

少年時代の記憶に導かれ

午前一時半。中里栄久寿さんは、いつものように浜に姿を見せた。

二〇年近く乗っているという四輪駆動車。ドアを開けるとギギーッ。さびがぼろぼろと落ちてきた。海風に親しんだ時間の厚みがうかがえる。

中里さんは毎晩、八戸市内の自営のバーを閉店してから、種差海岸に向かう。着くのはだいたい深夜から未明。闇と静けさの中、白浜漁港そばに常設したテントに落ち着き、ゆったりと時間を過ごす。

仲間と旗揚げした「はちのへ小さな浜の会」が活動している大須賀浜の南の端に、テントはある。漁港に下る道路わきの知人所有の空き地。好きな浜が一望にできる場所を選んだ。

訪ねた一〇月初旬の週末は強く冷え込んだ。たき火をしながら打ち寄せる波の音を聞く。

「いつもこんな感じなんですよ」。中里さんは照れ笑いを浮かべた。「特に変わったことはしません。人生でも考えりゃ格好いいんでしょうけど」

夜明けまで潮風の中でぼけっと過ごし、寝てから昼間また海を眺め、浜を歩き、夏は海で泳ぐ。そして、夕方から店へ。

時間が自由になる立場とはいえ、テントには五月から一〇月まで半年間、週に五日は通う。それが十数年もずっと変わらない習慣になっている。

「ガキのころから浜は好きでしたから」と中里さん自身はあっけらかん。「残り少なくなった浜に、できるだけ長くいたいだけ」。子供のころの記憶に導かれるまま、本能のような感覚で浜通いは続いてきた。

＊

八戸の海浜地区、湊町で中里さんは生まれた。祖父は漁師、父は魚市場の小売商。「栄久寿」という名前は漁船にちなむ漢字を集めて付けられた。

家の五〇メートル先がもう浜辺。「昼も夜も波音を聞いて育ちました」。学校から帰るとすぐに海へ。泳いだり、貝や魚を捕ったり。潮風は髄まで染みこんだ。

少年の暮らしを包んだ湊町の浜はしかし、急速に姿を変えていく。一九六〇年代、八戸は新産業都市に指定され、浜は港湾開発で埋め立てが始まった。

中学から職業訓練校を経て自動車整備工となった中里さんは、一九歳で東京へ。その後トレーラーの運転手、北洋トロール船の船員を経験し七四年、三二歳で八戸に戻った。

その時、浜は既にすっかり岸壁に。「あっ、湊町の浜がないって感じでしたね」。二年後いまのバーを開くが、喪失感は強まるばかり。昔のように浜風に吹かれたい――。四〇歳を過ぎて始めたのが、浜のテントで時間を過ごすことだった。

＊

「八戸港の開発は私も喜んだんですよ。東京へ出てから、なまりをばかにされていたし、これで八戸も大きくなるぞって、自慢もしました。でもね」と中里さんは振り返る。

「まるっきり浜は消えてしまった。限度の問題でしょう。残ったのはわずかに、開発から外れた種差海岸の浜だけ。自分たちが子供のころ遊んだ浜の姿がとても大切に見えてきた」

自分にとって大切、そして時代にとっても大切になるであろうものに寄り添い、じっとまなざしを送る。それが中里さんの浜通い。同じ記憶を持つ仲間がメッセージを感じ取り、小さな浜の会の輪はできた。

毎晩毎晩飽きもせず浜に通い続ける。毎月浜に集まってごみ拾いをする。中里さんの習慣も、浜の会の活動も、もとになっているのは浜との距離感を取り戻そうという思い。

伝え残したいものに自分の足で通い、何かを感じる。

「そういう人が増えていけば、なんとかなるんじゃないでしょうか」と中里さん。「二〇年、三〇年掛かろうと、浜をこころで感じる人たちが増えればこの浜は残っていきます」

こだわりの力で包み込む

「釣りをするとか、花を見るとか、目的があって浜に行くんじゃないんだよなあ」

「そう、ただ浜でぼけーっとしているのがいい」

「のんびりできる場所が身近にあることがいいんだね」

「だから、そのままの姿で種差の浜も残しておきたい」

八戸市内の小さなバー。「はちのへ小さな浜の会」の仲間たちがグラス片手に語り合う。カウンターの中でマスター、浜の会事務局長の中里栄久寿さんが話を受けた。「大した集まりではないんだよね、この会は。浜の良さに気付いてもらえればいい。だれも専門家はいないんだから」

中里さんのテント遊びをきっかけに、一一人の仲間で旗揚げして一二年。浜の会の会員は三八〇人にまで膨らんだ。地元の企業も名を連ね、呼び掛けは市民の間に浸透している。

浜の近くの開発計画や観光目的の記念碑建設に反対の声を上げた時期もあった。土地買い上げによる保全運動ナショナルトラスト運動の全国組織にも加わり、一九九八年には八戸で全国大会を開いている。

活動はさまざまに広がり、時に、自然や景観保護至上の運動と受け取られることもある。

中里さんが漏らした「大した会ではない」は、そんな雰囲気への自制の言葉だった。

*

「おかしな動きにはかみつくけど、基本はごみ拾いやハイキング。私らは貴重な植物の名前もよく知らないんですよ」

ニッコウキスゲ、ハマヒルガオ、スカシユリ、ハマギク。種差海岸、特に大須賀浜の一帯には、高山性、南限、北限など貴重な植物が群生している。

浜の会はそれらを「守ろう」と叫んではいない。「見に来ませんか」と呼び掛ける。

「地元の人ほど身近な場所のよさを知りませんから」と会長の歯科医古川明さん。

古川さんは一五年前、東京から八戸に戻った。妻を連れ、種差海岸をドライブしたとき、千葉県出身の妻から「街から車で一〇分も走れば着く場所、しかも海に、なぜニッコウキスゲが咲いているの」と驚かれた。

「古里のことなのに、私はそれまで、種差がそんなにすごい場所だとは知らなかった。地元の人たちがまず身近な場所に目を向ける、足を運ぶ。そこから伝え残そうという動きや呼び掛けは始まるんですよね」

テント遊びを通して浜に密着すること、ごみ拾いを通して浜を歩くこと——。足元の自然にこだわる人たちがいる。そのまなざしが大きな力となって、種差海岸を包み込んでいる。

＊

一〇月初旬、種差海岸の白浜漁港そば。午前二時を回った中里さんのテント。たき火を囲み中里さんと仲間が語り合った。

背景は満天の星、イカ釣り船の灯、砂浜に立つ波音。

「星の光って、何百光年も先から届いているんだって」

「いま見ているのは、おれたちが生まれるずっとずっと前の光か。不思議だよね」

「波の音も、よく聞いていると、七回に一回大きくなる」

「そのリズムもずっと変わることがない。不思議だね」

「そんな中で、おれたちはたまたま生きている。人間が生きているのは一瞬のこと、か」

午前四時を回るころから漁港に人影がポツリポツリと見えだした。エンジン音が響き、闇の中を船が行く。

「浜にいると、いろんなものが見えてきますよね。自然のリズム、浜の暮らし。これがいいのかも」

と中里さん。

夜明けが近い。海がぽっと白み、空に青みが戻る。「コーヒーをいれましょうか」。中里さんが豆をひき始めた。

夜明けの一杯。それも浜通いの長い習慣だという。浜になじむと人は謙虚で、優しく、粋になる。

こころ

高橋ヤス

Takahashi Yasu

「時代が変わっても変わってはだめなものがあるんだ」

土地の話を土地の言葉で

「むがしこ」が語られる。

ふすまで仕切られた古い家の奥座敷。小学生の子供たちが輪になって、羽織姿のおばあちゃんを囲んでいる。

「むがあし、むがあし、やまんばがすんでだど」。語りはゆったりと始まった。

——空腹のやまんばがスズメの巣を襲い、子スズメがただ一羽だけ助かった。悲しむ子スズメの姿を見て、臼《うす》とハチと牛のふん、クリが力を合わせてやまんばに仕返しを……。

地域に伝わる「やまんばと子スズメ」。筋はなじみの「さるかに合戦」に似ている。

話は佳境に入った。「クリがはじげ、あっちい灰が、やまんばのなじぎさ、パッと、かがったど」。おばあちゃんの手振りを交えた熱弁に、子供たちは目を丸くして聞き入った。

なじぎ（額）、さんび（寒い）、えぐねごと（良くないこと）。やわらかい方言のリズムが子供たちを語りに引き込む。

「とっぴんぱらりのぷ」

いつものように「おしまい」の言葉が出たところで、ふうっと座敷の空気が和んだ。

＊

高橋ヤスさん、七六歳。湯沢市高松の農家で夫や長男家族と暮らすヤスさんは、地域の子供たちから「おはなしばあちゃん」と慕われている。

市の中心部から南へ一〇キロ以上離れた高松地区は、民話の宝庫といわれる秋田、山形県境の山里。ヤスさんは助産婦として地区を巡る中で民話を覚えた。

高松ではただ一人の「語り部」。公民館や学校に呼ばれ、民話を語り継いでいる。

高松小学校との縁はことのほか深い。家から自転車で三分。子供のころ通った母校。ヤスさんは三年前、そこに「特別講師」として迎えられた。

「年に一、二回、授業に呼ばれで、むがしっこ語るだげですから」

本人は照れるが、講師ヤスさんの人気は高い。授業時間だけで飽きたらず、ヤスさんの家を訪ね、むがしこをねだる子供たちもいる。

そんなヤスさんと子供たちの通い合いの中から二〇〇〇年三月、一つの「宝物」が生まれた。

「やまんばと子スズメ」を素材にしたハードカバーの立派な絵本。四〇ページにわたり、木版画で民話が再現される。高松小の全校児童七七人が半年掛かりで仕上げ、秋田県の補助予算を使って完成させた。

＊

「絵本作りは子供たちの発案でした」と校長の和田隆彦さん（五二歳）。「民話の授業で子供たちは何か大事なものに気付いたようです。地域のことを伝えたいというヤスさんの意欲が、子供たちにも伝わりました」

ヤスさんの語りを文集にまとめたり、劇にしたり。授業で深まったつながりの上に、絵本はできあがったという。

「私が聞がせだ話がこんなふうにまとめられだのはうれしいね」。ヤスさんは絵本を自宅の本棚に大切に飾ってある。

「みんなで、こころを合わせで高松をいいむらにしてくださいって。むがしこを語るどぎは、いっつも祈ってきました。子供だぢがそれを分かってくれたのなら、本当にうれしい」

地域の言葉で、地域の話を伝える――。おばあちゃんから子供たちへ、民話語りのふれ合いの中で、むらのきのう、むらのこころは伝えられている。

むがしこ語りが続くヤスさんの家の座敷。「やまんばー」が終わるとすぐ、子供たちから「もう一つ、聞かせて」の声が上がった。「いいとも」。ヤスさんの声が一段と弾む。

「おばあちゃんの話は高松のことがよく分かる」「なんだか自信がわいてくるんだ」

少し澄まして答えた子供たちの言葉に、伝えられたこころの輪郭が浮かんだ。

染みついた古里のにおい

「おはなしばあちゃん」の「むがしこ」はよく脱線する。

「むがあし、むがし」で始まって、「とっぴんぱらりのぷ」でおしまいになるまで。

湯沢市高松の高橋ヤスさんの民話語りは、あっちこちに寄り道して進む。

ちょうちんを提げ、人が夜道を行く場面。「昔は街灯なんてながったがら真っ暗だな。みんな、ろうそくの灯を提げて歩ったわげだね」

高松にある集落の名が出てくる話になると、脱線はもっと長くなる。「あそこは昔はずっと山奥にあった。みんなで山を下りで、いまの場所に移ったんだよ」。筋そっちのけで子供たちはじっと聞き入る。

「なんだか、一度聞くともう一度聞きたくなる」。むがしこに引き込まれる感覚を、子供たちはそんなふうに話した。

自分たちが住む地域にある「におい」のようなものが、語りから伝わってくるのだろう。ヤスさんがその「におい」を運んでくれる人であることを、子供たちは敏感に感じている。

＊

「げだが一〇日で板になるぐらい、むらの中を歩いだがら」とヤスさん。四〇年以上続けた助産婦の仕事の中で、民話と高松の「におい」はヤスさんの体に染みついた。

高松の農家に生まれ、小学校高等科を出て一五歳で東京へ出た。病院で働きながら看護婦と助産婦の資格を取得した。一九四五年の東京大空襲で焼け出され、やっとの思いで古里へ。二〇歳で助産婦を開業した。

無医村の山里、高松。医療の心得があるのはヤスさん一人だった。産婦人科以外の病気もけがも何でも診た。六三歳で引退するまで、取り上げた赤ちゃんは一二〇〇人に上る。

往診に行った先では、陣痛で苦しむ母親のそばでむずかる子供を、その家のばあちゃんがむがしこであやしていた。「どれだげ気が立っていでも、むがしこ聞ぐどほっとした」。ヤスさんのこころは和んだ。

お七夜の祝いの席でも、「歌はできないがら」とむがしこを披露する人がいた。人が集まる場所で語りは潤滑油だった。

子供のころ父母がいろり端で俵編みや縫い物をしながら、自分にむがしこを語ってくれた思い出もよみがえった。

「やまんばと子スズメ」「旧五月節句の狐たいまつ」「天狗にさらわれたばあさま」……。知らず知らずのうちに聞き覚えた民話は五〇編以上。思い返せば、それらはすべて、むらの風景や人びとの喜怒哀楽の姿に重なる。

「語り継がれだ話には、みんな何がの教えのようなものが入っていでね」とヤスさん。

「うそはつぐな、親の言うごど聞げ、そして因果応報。このむらに暮らした人だぢの知恵と気持ぢが積み重なっている」

＊

高松は、硫黄鉱山から流れる「毒水」の影響で長い間、コメの収穫はよその地区の半分未満だった。「貧乏むら」としてさげすまれてきたという。貧しい暮らしを生き抜いた人たちが残してきた、むらのこころ。それが高松のむがしこだった。

九六年、ヤスさんは助産婦をしながら聞き覚えた話を自費で『高松の伝説』という本にまとめた。それも、むがしこの奥にある地域の原風景を伝え残したいという願いがあったから。

「貧しくても、みんな逃げないで、こころを合わせで、むらを引き継いできた。豊かなむがしこは誇りだと思う。子供たちにも古里を愛してほしい」

ヤスさんのむがしこを聞く高松小学校の子供たちの親の多くは、ヤスさんが取り上げた。

昔があっていまがある――。深いつながりが、むがしこを通して伝えられている。

ふれ合って生まれた宝物

「こんなにうれしいごどはないね。まいだ種が芽を出し、花を咲がせたんだから……」

湯沢市高松の「おはなしばあちゃん」、高橋ヤスさんは何度も目頭を押さえた。二〇〇〇年一〇月末、湯沢市内のデイサービスセンター。ヤスさんが地域の民話を語り聞かせている高松小学校の二年生と四年生三一人が施設を訪れた。

子供たちはこの日、手作りの紙芝居を携えて、お年寄りたちを慰問した。紙芝居の素材は、高松にある沼の名の由来を伝える民話「おびき沢」。五月に学校でヤスさんが語り聞かせた「むがしこ」だ。子供たちが自主的に紙芝居に仕立てた。

学校の外では初めてのお披露目で、子供たちはヤスさんも施設に招いて発表した。

「おらはおびぎ沢に住んでる者だんす」……「お願いだす。弓で退治してたんせ」

一三幕、一〇分ほど。三カ月掛けて仕上げたという絵をうまくつなぎ、子供たちは方言そのままにむがしこを語り切った。

「絵はよぐかげでるし、語りも上手だね。なまっているどごまで私そっくりだ」

三月に完成した絵本『やまんばと子スズメ』に続き、むがしこが一つ一つ子供たちの手で形になっていく様子を見て、ヤスさんは声を詰まらせた。

＊

人から人へ。口承の文化である民話はいつも、人のつながりを得て伝えられる。

ヤスさんのむがしこも、地域の暮らしに長く息づいた言葉を使い、ひざを突き合わせた関係の中で伝えられてきた。

「ふだんは方言なんてしゃべらない」という高松の子供たちも、むがしこだけは別。「むがしこは方言で語らないと、感じが出ない。何となく温かい感じ」と六年生の柴田百子さん（一一歳）。「高松だけのものっていうところがいい」と五年の大友加代子さん（一一歳）。

台所は「みんじゃ」、赤ん坊は「にがっこ」。「ぬぐだまる」と言えば暖まる。「からさんび」と言えばしんから寒い。

言葉に凝縮された地域の情緒が、ヤスさんから子供たちへと引き継がれている。

戸数四〇〇足らずの過疎の山里高松で、世代を超えて足元を確かめ合うつながりが芽生えたことを、地域の人は喜ぶ。

「子供だぢはいまはただ楽しいだげだろう。んでも、いずれ、古里のむがしこを思い出してくれるはず。それでいい」

時代考証などでヤスさんの民話語りを支える「高松昔を語る会」の佐藤八郎さん（七五歳）は、そう言って続ける。「時代が変わっても変わってはだめなものがあるんだ。みんな、それに気付いでくれればいいいな」

高松小の校長和田隆彦さんも同じ期待で見つめる。

「自分の生まれた土地を知って育つのと、そうでないのとでは大きく違う。ヤスさんが高松を思う気持ちは、子供たちのこころの中にじんわり染み込んでいる。いずれ、それは大きく膨らむときがくるでしょう」

＊

ヤスさんは「民話を語るどぎは、この歌をいっつも思い出すんです」と言って、短歌を一つ紹介してくれた。

〈ふるさとを愛するものは　ふるさとの土になれよと啼《な》く　閑古鳥〉

湯沢城跡の碑に刻まれた大正時代の歌だという。

「閑古鳥がなぐような山里にあっても、古里のごどを愛し、次の人だぢを育でる人間になれって。そんな歌だと思い、これまで励みにしてきました」

生まれ育った土地を愛するこころで、ヤスさんは子供たちを前に明日も繰り返す。「むがあし、むがし」と。

風の肖像　　Ⅲ

足元から

〈足元から〉――――――――――

未来を向いた身近な暮らしの姿がある。荒涼の奥山で始まったのは、次の百年を視野に入れた森「再生」の夢。商店街で膨らむのは、街と人を結ぶ「交流」の力。農村に広がるのは、自然に寄り添って生きる「共生」の思い――。悔恨を胸に、出会いを糧に、自信を支えに歩みは前へ。「つながり」の重みに気付き、《足元から》踏み出した人たちの一歩に風を見る。

再生

小椋敏光

Ogura Toshimitu

「気長に、いつの日か結果は出ますよ」

荒涼の山で追う百年の夢

山は深い。クマザサに覆い尽くされてしまった森の跡に、男たちは分け入っている。

かまと根を切る大ばさみを手に、下草を刈る作業が続いた。

「ほらね、喜んでいる」。刈り込んで日光が差し込んだササやぶの中を一人が指さした。

親指ほどの太さ、腰の近くまで育った幼木が見える。

「これはブナだね。あれはミズナラとホウノキだ」

辺りを見渡すと、ササの間に根付いた広葉樹が、ぽつりぽつりと顔を出していた。

「一二〇年前まで、この辺りは太いブナがいっぱいある天然の森でした」。作業の手を休めて小椋敏光さんが話を始めた。

四四歳。山の持ち主、そしてそこにあった広葉樹の森を伐採した製材会社の社長。

「このままササやぶだらけで手も掛けずに放っておけば、森はいつ戻るか分からない。過去の反省の意味もあって……。下草の刈り払いは、ささやかながら森づくりの一歩です」

そばにいた四人が笑顔で話を受ける。「僕らは素人だから偉そうなことは言えないけど、少しでも森にかかわりたい。だからここにやってくる」

この日の作業のために首都圏などから駆け付けたという。

願いを込めた山で「再生の芽」を確かめ合い、むらと都市の男たちはともに汗をぬぐった。

＊

南隣は栃木県という奥会津の山里、福島県舘岩村に小椋さんたちの森づくりの山はある。

〈皆さんも一緒に森を育ててみませんか。会社が所有する山を開放します〉。一九九五年、舘岩村で製材会社を経営する小椋さんがこんなチラシを書いて配ったのが始まりだった。

「初めは軽い気持ちだったんです。最近は森林作業のボランティアを志す人たちもいるという話を知人から聞いていたので、呼び掛けてみようと」

チラシは製材工場の一画に構える木工店に置いた。店には関東方面から会津を訪れる観光客が立ち寄る。もしかして――。

結果は小椋さんの予想をはるかに上回った。東京、千葉、埼玉、神奈川、栃木……。会社員や主婦など、あっという間に七〇人の申し込みが集まった。

翌九六年、「きこりの森プロジェクト」と名付けた活動が、チラシがつないだ山と街の人の輪から始まる。

小椋さんの会社が持つ山の伐採地三〇ヘクタールを舞台に、広葉樹林の再生を手助けするため、下草の刈り払いをする。休日班と平日班に分かれ月一度、会員たちは舘岩村に通い、汗を流す。

交通費はもちろん自己負担、作業の報酬もない。それでも「森や自然にかかわりたい」という思いで人は集まった。会員は四〇人に落ち着き、活動はすっかり定着している。

*

舘岩村北東部、標高一〇〇〇メートルを超す通称「滝ノ岐《また》山」山頂付近。林道から沢筋を四〇分ほど歩いて着く奥地にプロジェクトの場所はある。

訪ねた一一月初旬は、年内最後の作業の日だった。

雲一つない晴天の下、澄んだ空気の中で小椋さんたちは山に入る意味を語り合った。

「遊びの感覚だから」「森を育てようなんておこがましい」と会員たちは照れた。

「でも、いまの世の中、こんなことが一つぐらいあってもいいよね」。プロジェクトの代表を務める千葉市の公務員鶴沢和男さん（五二歳）が言った。「活動の成果は孫子の代になってから。無駄でもいい。一〇〇年後の価値を追っているんだから」

小椋さんが続ける。「プロジェクトが始まって、私は初めて山に入る楽しさを知った。森を切るだけだった私が、ここでようやく自分がなすべきことを見つけたんです」。会津の森で悟りが語られ、反省が語られ、人が大きくつながった。

収奪の果てに知った過ち

森は消えていた。

林道に向かって両側から迫る斜面は、石と土がむき出しになった褐色の荒れ野。生き物の気配が薄い。かわき切った風景がずっと先の尾根筋まで続く。

「全部で五七ヘクタールです」。小椋敏光さんが苦渋の表情で目の前の風景を説明した。福島県舘岩村北東部の山。小椋さんが経営する製材会社から車で一五分ほどで着く。

「ここも数年前まで、うっそうとした広葉樹の森でした。樹齢三〇〇年のトチもあった。……すべて、私が切りました」

首都圏の人たちと一緒に森の再生をめざす「きこりの森プロジェクト」の作業の後、小椋さんはその山を案内した。

「森を利用することばかり考えた結果がこれですよ。この森を切った後、会社の伐採班は解散しました。ずっと前から、もう限界だったんです」

森づくりの一歩として九六年に始めたプロジェクトの取り組みを、「反省から始まった」と語る小椋さん。荒涼とした悔恨の伐採現場、強いこころの痛みが原点にある。

＊

小椋さんは八五年、父親の急死を受け、家業の製材会社を継いだ。当時二九歳。

製材会社は木地師の家系に育った父親が興した。森の木を切って売る。それが製材業者の仕事。会社は買い集めた一〇〇ヘクタールの山林を中心に、会津一円で広葉樹林の伐採を続けてきた。

若くして経営を引き継いだ小椋さんも、路線通りにがむしゃらに伐採の仕事を進めた。

「最盛期は一日一ヘクタールの森を切りました。切っても切っても金にならない。かといって、ほかのやり方を知らない。会社を維持するには、量で勝負するしかなかったんです」

山から切り出した木が建材や家具材として売れればまだよかった。外材に押され、国産材の需要は低い。

広葉樹は曲がり、虫食い、節が嫌われる。メーカーに卸しても返品された。結局切り出した木のほとんど、九割は製紙用のチップにした。

そして五年が経過。九〇年代に入り行き詰まりが見えた。「もう切る木がなくなるぞ」。現場の声が聞こえてきた。

標高一〇〇〇メートルを超す奥地へも林道を延ばし、他人の持ち山の立木も買い、伐採に突き進んできた結果が、経営危機――。

「情けなかった」と小椋さんは唇をかむ。「みるみるうちに木が減っていくのは分かっていたのに。森がなくなって初めて、自分のやってきたことが間違いだったと気付いた」

＊

会社を維持するため小椋さんは動いた。まず九二年、製材工場のそばに「きこりの店」を構えた。曲がりや節のある材をそのまま生かし、木工品にして消費者に直接販売する。切り出した木を正当に評価してもらおうという試みだった。

会社に住宅部門も設け、木材の活用策を探った。伐採は、必要量だけ外部に委託する方法に換えた。伐採量は一時の一〇分の一まで減らすことになった。

経営の転換は、小椋さんに新しい感覚を呼び起こした。

活発になった「きこりの店」を訪れる首都圏の人たちとの語らいから、目は森づくりへ。「一緒に森を育てることができたなら」。切るだけだった思考回路に「育てる」が加わった。

九六年に始めた「きこりの森プロジェクト」の取り組みは、経営の枠を超えて成り立つ。

山に行っても作業員に指示を出すだけの経営者だった小椋さんはいま、一人の作業をする人間として、都市から無償で集まる会員たちと一緒に山に入り、かまを手に汗を流す。

「利用するだけの場所だった森や山が、楽しい気分になれる場所に変わった」。森とともに小椋さん自身もいま、再生への一歩を踏み出した。

街の人と集い、重ねる歩み

家族の日記がある。

〈沢の水は美しい。なぜこんなにきれいなのか。当たり前のことをまじめに思う〉

〈下草刈りの作業開始。延々と続く森の広さを考えると、われわれの作業は自分の納得以外にあり得ない。しかし、ほんの小さな一歩だけれど、森と共生できる楽しい心は大きく広がった。……森の広さを忘れ没頭してしまう不思議さがある〉

福島県舘岩村で進む「きこりの森プロジェクト」。広葉樹の伐採地に集まって下草の刈り払い作業をする四〇人の会員のほとんどは、関東や首都圏から参加している林業の素人たちだ。

作業を「不思議」と表現したのは横浜市から親子で参加した家族だった。夏の一日を山で過ごし、感想を会報に残した。

「やってることは自己満足なのかもしれません。でも、いろんなことを考える貴重な場になっているのは確かです」。一一月初旬、年内最後の作業に駆け付けた栃木県矢板市の会社員高橋主一さん（四六歳）は言った。

趣味の登山を一歩進め、プロジェクトへ。「森は都市の人にも近い存在だったはず。人間は文明の力だけで生きているように錯覚しているけど、ここに来るとそんなおごりを反省させられる」

埼玉県入間市の会社員萩原浩二さん（六四歳）もうなずいた。「現代社会はいろんな問題を抱えている。自然とのかかわりという原点に帰れば、解決の糸口が見えてくるんじゃないかな」

＊

経済の論理で手が下された伐採地に立ち入り、育林の手伝いをする。破壊から再生へ。「失ったもの）」から始まったプロジェクトの作業は、都市の人たちにとって「大切なもの」を見つめ直す機会になっている。

舘岩村側からプロジェクトを呼び掛けた山主の小椋敏光さんにとっても、それは新鮮な驚きをもたらした。

「森がそこまで都市の人たちの思いを集められる場所とは思わなかった。一度切ったカラ山には見向きもしない。それがこの辺りの常識でしたから」

目先の利益にはつながらない作業。それも、無償で交通費を掛けて首都圏からわざわざ人が集まる。「都市の人たちがやってくるようになり、村の人たちの山を見る目が少しずつ変わってきたようです」。小椋さんは足元の変化を実感している。

矛盾は残る。自分が経営する製材会社で伐採し尽くした山で「森づくりをしませんか」と呼び掛ける矛盾。「過去自分がやってきたことを考えると偽善と映るでしょう」。小椋さんの胸のしこりは消えていない。

森の再生にも、はっきりした成算があるわけではない。

プロジェクトは再生の手助けとして下草の刈り払いを進めるが、五年間で手掛けたのは伐採地三〇ヘクタールのうち、まだ一ヘクタール。小椋さんには伐採の技術はあっても森づくりの知識はない。試行錯誤の作業が続く。

＊

確かなことは、伐採された森に人が集い、遠い未来に向けてささやかな一歩を重ねているという事実だけ――。

「経済的な価値観でしか山を見られなかった私が、山と触れ合う楽しさに気付かされた。それが一番大きいのかもしれません。気長に、いつの日か結果は出ますよ」。都市の人たちとのつながりから、小椋さんは地域に生きる新しい力を得た。

最近、小椋さんは子供のころ聞いた話を思い出すという。幹の直径が二メートル半もあり、半分切るのに三日もかかったという巨木のエピソード。そんな木が村の中には珍しくなかった。

「昔のような大木の森が復活すればいいですよね」

一〇〇年、二〇〇年、三〇〇年。古里の森がもう一度、広葉樹の宝庫として輝く日まで。山で芽生えた人の輪を支えに、小椋さんたちの夢は膨らみ続ける。

交流

斎藤美和子

Saitou Miwako

「人が交わること、つながり合うことから新しい力は生まれる」

枠を超え手を結ぶ楽しさ

「異空間」が街で輝く。

ロシア人の女性が奥のソファでくつろいでいた。「仲間になりたくて」。中国人の女性が隣で語り合う。「ここにいるときは、自分を中国人とは感じません。いいですよ」

集まった人たちがのんびりお茶飲み話をした後で、「また来てね」「また来るよ」。笑顔で手を振り、入れ替わる。

七六歳という男性が姿を見せた。「時間はたっぷりあるからね。少しでも街のために何か役立てないかと思って」

二〇代の主婦も「こんにちは」。週に一、二度足を運ぶという。「みんなでわいわいやってるって感じ。国際協力なんて気負いはないですよ」

会社経営の男性が来た。英語塾の女性も来た。サラリーマンも、商店街の奥さんも。

「毎日毎日、今日はどんな人に会えるんだろうって。いつもワクワクしています」。応対していた女性の声が弾む。

斎藤美和子さん、四三歳。「ここは所属も立場も違う人たちが出入りできる街の交差点のようなものかな」。周りにいた仲間がうなずいた。

＊

石巻市の中心部にある橋通り商店街。洋品店、美容室などが並ぶ古い街並みの一画に「異空間」はある。

「しえろあすーる」。スペイン語で「青空」という名前の「国際協力ショップ」という。

斎藤さんが代表を務める国際交流サークル「フォーラ夢《む》」が一九九九年七月、事務所を兼ねて店を開いた。

空き店舗を借りた三〇平方メートルほどのフロアには、見慣れない品々が並ぶ。シリアのせっけん、ケニアのコーヒー豆、フィリピンのバッグ……。発展途上国支援組織を通じて買い付けたアジアやアフリカの二〇カ国以上、三〇〇点の品物を販売し、国際協力をめざす。

「月に一〇万円ぐらいの売り上げですから、実際は店の維持費を出すのに精いっぱい。みんなボランティアで店番をしながらの営業です」。店内を案内しながら斎藤さんが言う。

「もちろん、もうけなんてまったく考えていません。それよりも、こうやって何か地域や世界のために役に立ちたいと、みんなが手を結ぶ意味が大きいんですよね、ここは」

＊

「しえろあすーる」を構える半年前の九九年二月、斎藤さんは同世代の市内の女性たちと「フォーラ夢」を旗揚げした。地域に暮らす外国人のための医療マップを作ったり、イベントで協力を呼び掛けたり。身近にできることから「地域貢献と国際貢献」に踏み出した。

「しえろあすーる」はそこからもう一回り、参加の輪を広げようと開いた交流の場。期待通り、たった八人で始まった活動はその後、三〇人の大きな輪に膨らんでいる。

子供連れの若いお母さん、定年退職した男性、日本語を学ぶ外国人、そして高校生――。これまで地元の団体や行政機関とかかわりが薄く、街づくりや市民活動の中心から外れていた人たちが「しえろあすーる」でつながった。

一二月初旬、市内で開かれるクリスマスパーティーに参加する準備のため、「しえろあすーる」に会員たちが集まった。

歓声を上げながら、パーティーで披露する踊りの練習を繰り返す人たち。輪の中で斎藤さんも一緒に笑顔を爆発させた。

国際協力ショップの看板を超えて「街の交差点」へ。人通りが寂しい商店街にあって、そのにぎわいは一段と際立つ。

「青空のように明るく開かれた場をつくりたい。だから、しえろあすーる」と斎藤さん。

「住む土地をもっと楽しくしたい。そう思ってみんなが動けば街は生き生きするはず」。足元に芽生えた交わりが、地域をぐんと広く照らし始めた。

小さな思いが出合い、力に

「これを見てください」。斎藤美和子さんは段ボール箱を一つ開けてみせた。石巻市の橋通り商店街にある国際協力ショップ「しえろあすーる」の店内。箱の中には、色とりどりの古いボタンがびっしり詰まっている。斎藤さんが代表を務める国際交流サークル「フォーラ夢《む》」が市民に呼び掛けて集めた。発展途上国の学校建設支援につながるボタンという。

「これまでに四箱分集め、現地に送っています。一個一個は小さなものでも、集まれば大きな力になるんですよね」

埋もれていればただの古いボタン。それが、一つ、集める仕掛けを得ると力に変わる。話は自然に地域のことへ。「街に生きる一人ひとりの中にエネルギーはある。私たちはそれをつないでいるだけ。このボタンと同じように、いままで集め切れなかった市民の思いがここで力になればいいいな」

箱の中のボタンを両手いっぱいにすくいながら、斎藤さんの顔がほころんだ。

＊

国際交流と地域の力――。斎藤さんの視線は、偶然かかわった日中友好の縁に始まる。

大学卒業後、生まれ育った石巻市内の包装資材会社に就職した。入社六年目の一九八六年、会社が石巻市の姉妹都市、中国の温州市から受け入れた研修生の世話係を任された。

結婚し、子供も生まれたばかり。「気が進まないまま、仕方なく引き受けていたんです。教えてあげるという姿勢で。でも、だんだん教えられることが多くなって」

次第に異文化交流の楽しさに引き込まれていった。自宅に研修生を招き、個人的に付き合いを深めた。石巻にいる別の中国人たちも集まった。その縁で韓国人、インドネシア人、フィリピン人とも知り合った。

「家がいつの間にか外国人のたまり場のようになっていました」。研修生が三カ月で帰国した後も輪は広がり続けた。暮らしの相談を受けた。移民の手続きを手伝った。母国から妻子を呼ぶ段取りもした。子供の病気の世話もした。

それまで市民活動の経験などなかった斎藤さんの中で、仕事や家庭とは別の「地域」という活動範囲が膨らんでいく。

「公的な機関もあるのに、外国人はそこには集まらない。同じ住民の目線で話すことから、交流が広がる。それはとっても不思議で、私にとっては面白いことでした」。斎藤さんが手探りの中でつかんだ感触は、その後の活動の糧になる。

九六年に会社を退職。その前から引き受けていた石巻地区日中友好協会の事務局役として、市の国際交流関係の会合に参加する機会が増えていった。

そこでも感じたのは、公的な活動へのもどかしさ。「大事なことは足元にあるのに。体裁にこだわらず、本音で活動してみたい。団体に頼らない自由な場が欲しい」。思いをそのまま形にしたのが、九九年に旗揚げした「フォーラ夢」だった。

＊

国際交流を看板に、そこでは「市民参加と街づくり」が語られる。会費を出し合い、一人ひとりの願いを活動にしていく。

「外国人も石巻の人もみんなが住みよい街にするため、私にも何かできないかとずっと考えていたんです」。病院勤務の鈴木美智子さん（四二歳）は言う。

鈴木さんは元青年海外協力隊員。斎藤さんとともに「しえろあすーる」開店の出資者になった。片隅に埋もれていた小さな思いは、つながりの場を得て市民活動のエネルギーに昇華した。

「国際交流も街づくりも結局は同じなんですよね」。斎藤さんがしみじみ語る。「枠を超えて、地域の一人ひとりが手を結ぶこと。そこから本当の面白い動きが始まる」。交わりの力を知って、人が街で弾んでいる。

人の輪膨らみ地域が弾む

枠を超えて交わり、楽しみたい――。国際交流サークル「フォーラ夢《む》」の願いはその日、また一つ実を結んだ。

二〇〇〇年一〇月初旬、石巻市の運河交流館前で開かれた「いしのまき世界まる見え博覧会」。アフリカ音楽の生演奏やアジア料理の実演、中南米民芸品の販売などで会場はにぎわった。国籍の壁もない。男女の差もない。老若の区別もない。組織の枠もない。一万人近い市民が北上川の河川敷にある広場に集い、交流の一日を過ごす。

そんな光景を見て、「フォーラ夢」代表の斎藤美和子さんの表情が明るくなった。

「異文化交流ができたことも大きいけど、こんな大掛かりな企画が市民の手づくりでできたことがうれしい。みんな自信になったはずですよ。協力すれば何かができるって」

＊

「フォーラ夢」の無邪気な一歩から博覧会は動きだした。

国際協力ショップ「しえろあすーる」などの活動を知った東京の国際交流組織との出会いから、企画案は生まれた。

「市民に広く呼び掛け、みんなで運営できれば面白い」と斎藤さんはすぐに動きだす。

青年会議所や街づくり有志の会に声を掛け、主催の土台を整えた。チラシを配り、個人も誘った。

そして総勢六〇人の実行委員会ができあがった。高校生、会社員、店員。どんな市民団体にも所属しない人が二〇人近くも集まった。

組織所属の人も全員が個人の立場で参加した。担当は手挙げ方式。カメラの得意な人は広報用の写真係、しゃべりの得意な人は司会役、料理の得意な人は調理の裏方。一人ひとりが自分の役割を自分で選んだ。

「初めて顔を合わせた者同士が協力し合う姿って、よかったですよ」と斎藤さん。「枠組みを外すと、個人の顔が生き生きとしてくる。見えなかった力が生きるんですよ」

難しい点はあった。寄せ集めで統制が取れない。準備は前夜まで混乱した。当日も裏方はバタバタ。実行委員長の斎藤さんは責められ続けた。

「それでも」と斎藤さんはめげる様子はない。「反省点はいっぱいある。それ以上に、みんなで一つのものを作り上げたという充実感もいっぱいある」

まったくのゼロから集めた博覧会の運営資金も、ほぼ予定通りの二〇〇万円余りを確保した。公的補助金のほかに、地元の企業などが快く輪に加わったことが大きい。行政側からも「また来年もやってみたら」と声が掛かった。

たった一つのサークルが起こした小さな風が、地域を大きく動かしたことに斎藤さんは手ごたえを感じている。

＊

「地域ってなんだろう、市民ってなんだろう」。斎藤さんはいつも考えるという。

互いにいがみ合ったり、足を引っ張ったり。立場を気にして本音で話ができない。女性は前に出られない。地方都市に残る弊害はいくつも見てきた。

役所が引っ張り、団体や組織で事が動く。古くなった街づくりの限界も見てきた。

それらをすべて乗り越えたところに、新しいものはできないか。「しえろあすーる」、そして博覧会。

「フォーラ夢」の活動は挑戦する気概に満ちている。

「人が交わること、つながり合うことから新しい力は生まれる。それは、私がいろんな人との出会いで実感していること。私はつなぎ役としてこれからも地域で生きていきたい」

「フォーラ夢」代表を離れれば、女性消防団員、バスケットボールのスポーツ少年団団長もこなす一人の市民。

「元気な国際交流ボランティア」の明日を見る目は、地域に育ち、地域を変える。

共生

千葉俊朗

Chiba Toshirou

「自分たちが暮らす場所に、いろんな価値を見つけられるのっていい」

◎

大切なものに目を開いて

沼辺に立つ。

夕日を浴びて、子供たちは遠くの空に目を凝らしていた。

日が奥羽山脈に沈んでから三〇分余り。黒い「線」がかなたに、ぽっと浮かぶ。

「雲かな」。女の子がつぶやいた。「よーく見てごらん。こっちに向かって動いているだろ」。案内役の「ひげのおじさん」が優しく声を掛けた。

「線」は見る見るうちに近づき、「点」のつながりへ。一つひとつの羽ばたきが分かる。

「来た！」「いっぱい来た！」。歓声が上がった。

あかね色の空に現れたのは無数のマガン。その数、数千、いや数万。あっという間に広い空が野鳥の群れで埋まる。

「うわあ、うわあ。何だか分かんないけど、すごい」。女の子が叫んだ。「うじゃうじゃだね」。男の子が小躍りした。

「ねぐら入りだ。この眺めが一番好きだよ、おれも」。興奮する子供たちのそばで、ひげのおじさんがつぶやく。

千葉俊朗さん、五五歳。「ぼけーっとただ見ているだけでいい気持ちになる。大切なものにふれた感じで。子供たちもいま同じ気分じゃないかな」

あごひげをゆっくりとなでながら、幸せそうな顔で田んぼの中の自慢の沼を見回した。

＊

伊豆沼の南にある国内有数の渡り鳥の飛来地、宮城県田尻町の蕪栗沼《かぶくり》。

コメどころ大崎平野にぽつんと残った一〇〇ヘクタールばかりの小さな湿地では、晩秋から冬、数万羽のガンが夕暮れ一斉に沼へ帰る「ねぐら入り」が見られる。

雄大な自然の動きを子供たちに見てもらおうと、千葉さんが会長を務める「蕪栗ぬまっこくらぶ」が、二〇〇〇年から「ねぐら入りを見る会」を始めた。

「町内外に呼び掛けた大掛かりな観察会は以前からやっているけどね。どうしても子供たちにこの感動をじっくり伝えたくて」と千葉さん。

周囲の学校に参加を呼び掛け、一一月中旬から毎週のように沼辺に立ち、仲間とねぐら入りの案内を続けている。

「ぬまっこくらぶ」は地元の農家、役場職員、研究者らが中心になり一九九九年に結成された。会員九三人。冬場に限らず年中通して、沼の保全を目的に調査や観察会開催などの活動をしている。

千葉さんは前身の自然観察グループ「蕪栗沼探検隊」を九六年に旗揚げして以来、活動の先頭に立ってきた。

沼から車で五分の集落に住む専業農家。「農業する者にとっては、渡り鳥なんて害鳥なんだけどね、本当は」。照れながら思いを打ち明ける。

「いまは渡り鳥が来る季節が楽しみになった。このガンを守りたいと思っている自分がうれしいんだよ」。ガンとともに生きる覚悟を固め、沼に通う一人になった。

＊

一一月下旬、千葉さんが案内したのは、地元田尻小学校の子供たち二〇人。ガンの群れに「うわあ」と声を上げた子供たちは興奮覚めぬまま帰り道、突然俳句を詠み始めた。

〈来ているよ　ガンがたくさん　来ているよ〉〈ガンがいる　田尻の自慢だ　蕪栗だ〉

はしゃぐ子供たちを前に、千葉さんが声を掛ける。「今日は沼に来てくれてありがとう。みんながすごいって感じてくれただけでいい。今日見たことを友達にも伝えてあげてね。蕪栗沼がどんなにいいところか、教えてあげてください」

足元の自然に目を開くことがどんなに大切なことか。千葉さんは、素直に感激した子供たちの姿に自分の歩みを重ねた。

「だってね、つい最近まで蕪栗沼がこんなに貴重な場所だとは知らなかった。自分たちが暮らす場所に、いろんな価値を見つけられるのっていい。おれはガンに教えられたんだ」

こころ救った新たな視線

「自分でも笑うしかないんだけどね。人間って変われるもんなんだよ」。ヨシ原を歩きながら、千葉俊朗さんはしきりに、「変化」を口にした。

「蕪栗ぬまっこくらぶ」の会長として、宮城県田尻町の蕪栗《かぶくり》沼の保全や案内の活動に駆け回る日々。沼の中でも、東部に隣接する白鳥《しらとり》地区のヨシ原に千葉さんはよく足を運ぶ。

五〇ヘクタールにわたって湿地が広がる。沼に来る数万羽の渡り鳥の大半がねぐらにしている。鳥たちにとって大切な場。それは千葉さんにとっても大切な場になった。「ここは田んぼだった。おれはここでコメをつくっていた」とぽつり。

「農地が野鳥の楽園になったんだよ。おれもここで一八〇度変わったんだ」。変化の足取りはそのまま、目の前のヨシ原に重なっている。

＊

白鳥地区は元国有干拓地。戦後、一一六戸の農家が五〇ヘクタールの水田を借りて稲作を続けた。

地区の南、舞岳集落に住む千葉さんも、全耕作面積の半分に当たる二ヘクタールを耕した。長崎県出身。農業とは無縁ながら宮城県農業短大に学び一九六六年、二〇歳で農家に婿入りした。白鳥地区は新農民として夢を抱いた土地だった。

そこに間もなく生産調整の波が押し寄せる。七三年、国から農地返還が通告された。補償金を要求する農民側と国の交渉はもつれた。地区の土地改良区理事長を務めた千葉さんは、交渉の前線に立った。

「ずっと金のことばかり考えていたなあ。どうやって補償金を取るか。それればかり」

補償金交渉は九七年になってようやく解決する。要求額の半額程度の生活再建支援金は手にしたものの、長年耕した水田を手放すことになった。しかも、そこはヨシ原に戻され、食害で敵視してきたガンの楽園に。

耕作の歴史や交渉の経緯からすれば、かなり後味の悪い結果になるはずだったが——。

「あの出会いでおれは救われた」。千葉さんは振り返る。補償金交渉がまとまる前年の九六年、近くの若柳町に住む「日本雁《がん》を保護する会」会長の呉地正行さん（五一歳）と出会い、初めて話を聞いた。呉地さんは伊豆沼とつながる蕪栗沼の自然の大切さを訴える活動を進めていた。

「補償金交渉を有利に進めるために保護運動を利用してやろうと思って近づいた」という千葉さんに、呉地さんは説く。

「ガンが渡る自然を素晴らしいとは思わないか」「数万羽の鳥が一斉に飛び立つ様子を見られる湿地

なんて、国内ではほかにないぞ」。呉地さんの言葉に千葉さんは驚いた。

足元をまったく別の角度から見る視線にふれた。その瞬間から、目の前の景色が違って見えるようになったという。

あとは一直線。呉地さんと沼へ通った。三カ月後「蕪栗沼探検隊」を旗揚げした。そして「ぬまっこくらぶ」へ。ガン保護の活動の輪を広げている。

＊

「いま思えば」と千葉さんは言う。変化の下地はあった。

コメ余りで価格は下がり続ける。補償金交渉も手詰まり。金額追求、生産至上の考え方では展望が開けなくなった。地域に生きる足場が揺らぎ、千葉さんも自分を見失っていた。

そんなすき間にすうーっと吹き込んだのが、渡り鳥が運んでくる風。地域の価値をもう一段広く見ようとする目を手に入れ、千葉さんは変わった。

「おれたちはガンに選ばれた地域に生きている。そう思ったら毎日が楽しい」。晴れやかな表情で千葉さんは続ける。

「仲間からは批判も浴びているよ。人間と鳥のどっちが大切だと。でも、いまなら胸を張ってこう言えるな。大切なのは人間も鳥もだ」

自信を胸に地域に生きる

約束の田んぼに白鳥がやってきた。

宮城県田尻町北小牛田。蕪栗《かぶくり》沼の南四キロにその田んぼはある。

周囲と違うのは冬なのに水が張ってあること。

「うれしいもんだよ。自分の田んぼに鳥が飛んで来るっていうのは」。一二月初旬、二〇羽のハクチョウを前に小野寺実彦さん（四七歳）が声を弾ませた。

「そう言ってもらえるとありがたいね。来年も頼むよ」。そばに立つ仕掛け人、「蕪栗ぬまっこくらぶ」会長の千葉俊朗さんは笑顔で励ました。

千葉さんが友人の小野寺さんに、冬場の水張りを持ち掛けたのは一九九八年。

田んぼを渡り鳥の休息場にしたい。蕪栗沼への一極集中が避けられ、鳥の生息環境が改善できる。田んぼにも良い効果があるようだ。鳥とともに生きる農業の道が示せる――。

「ぬまっこくらぶ」の前身「蕪栗沼探検隊」で研究者と語り合う中で得た情報を、千葉さんは小野寺さんに伝えた。

水張りのためにはあぜを塗り直す必要がある。水はポンプでくみ上げなければならない。作業も費用も自己負担。何一つ得はないが、「面白そうだ」。小野寺さんは受け入れた。

その年から、開放した一ヘクタールの田んぼにはハクチョウやガンが降り立つ。三年目になってついに、夜を過ごす鳥も現れた。

「なじんでくれた。うれしいね」と小野寺さん。「やつらは害鳥と思っていたけど、一緒にやっていけるよ、これなら。農業の喜びが一つ増えた」。水張り田んぼは自慢になった。

＊

渡り鳥が来る自然を受け入れて、ともに地域で生きる。

千葉さんも経験した「変化」は徐々に、蕪栗沼の周辺農家に広がっている。

田んぼに水を張った農家は九九年が四軒、二〇〇〇年は六軒に増えた。

「生まれ育った土地がこんなにいいところだったとはな。誇りだよ。自分でも何かしたくてね」。参加農家の一人、荒井富士男さん（六六歳）は思いを語る。

水張りまでしなくても、渡り鳥が落ち穂を拾いやすいようにと、稲刈り後の田起こしをやめる農家がぽつりぽつり。農薬を控える農家も現れた。

「昔は田んぼを見れば、今年は何俵とれるか、だけ。いまは違う。稲刈りでもみがこぼれても気にしない。ガンが食べるもの」と、低農薬のコメづくりに転換した高橋悦朗さん（五六歳）。

千葉さんとともに、ガンの食害に目くじらを立てていたころを思い返し、笑う。「ガンが来る田んぼを眺めているだけで心が落ち着く」。自分自身の変わりようを素直に喜んでいる。

農家にとってコメの位置づけは昔ほどではない。食害に神経質になるほどの元気はなくなった。

「ぬまっこくらぶ」の活動に理解が広がる背景には、農村の疲弊感も見て取れる。

「実態はそうだろうな。でもね、きっかけはどうでもいいんだよ」と千葉さんは言う。「自然と仲良くやっていく以外、農業に未来はないって。何より、この土地で生きていくための自信のようなものが、おれたちには必要なんだ」

農民だけのことではない。人口一万四〇〇〇人の田尻町。町民みんなが地域に生きる希望を語れるかどうか。疲弊感を乗り越えて一歩踏み出すきっかけは足元にある、と千葉さんは見る。

「ぬまっこくらぶ」は町内の全四〇集落の代表者を蕪栗沼に案内し、「ねぐら入り」を観察する計画を進めている。

「蕪栗沼の名前も知らない町民がまだまだいる。沼に来て感動すれば、人間は変わる。ちょっとでいい。おれは町民みんなに自分と同じ気持ちを味わってもらいたい。それだけだ」

沼とともに、鳥とともに。足元から膨らんだ「百姓」千葉さんの願いは明日へ。

風の肖像　Ⅳ

ひらく

〈ひらく〉――――――――――――――
時代をつくるうねりは、いつもささやかな試みから始まる。異国の荒野に木を植えるプロジェクトは、一人の女性の「一歩から」。きずなが薄れた社会に助け合いの輪を取り戻す活動は、ビル街の「一隅から」。農民と消費者が食の原点を守る運動は、ともに汗を流した「一粒から」――。地域に根を張り、新しい「つながり」を《ひらく》人たちの視線に風を見る。

一歩から

新妻香織

Niituma Kaori

「とにかく踏み出しましょうよ。そうすれば、世の中きっと変わるはず」

踏み出せば思いはかなう

一人の女性がアフリカの大地で二一世紀を迎えた。

エチオピアの首都アディスアベバから北へ五〇〇キロ離れた山あいの村、ラリベラ。日本から遠く離れた大陸の辺地は、彼女にとって縁の深い古里のような土地になった。

村に足を運ぶたびに、願いは少しずつ形になっていく。

暮れから年をまたいで三週間を過ごす今度の訪問で、思いはまた深まり、元気を手にすることになった。

半年前の二〇〇〇年七月、現地の高校環境クラブの生徒たちと一緒に、初めて植えたユーカリやアカシアの苗木はしっかり根付いていた。

一万本単位で植樹を進める場所も固まった。村を花で飾る仕掛けも動き出した。手芸を教え、現金収入の道を女性たちにひらく活動も始まりつつある。

すべては、たった一人の気ままな旅から始まったこと。

〈一歩を踏み出せば人はつながり、思いはかなう〉。動き回って手にした確かな感覚を、彼女はいまかみしめている。

＊

相馬市に住むフリーライター新妻香織さん、四〇歳。

「フー太郎の森基金」という一風変わった名前の組織の「代表」が、新妻さんのもう一つの肩書きだ。「アフリカに水と緑の潤いを」と呼び掛け、一九九八年に基金を設立した。

支援金を募り、エチオピアで植林活動を進める。型通りなら「途上国支援の環境ＮＧＯ（非政府組織）」だが、肩ひじ張った専門家はいない。

新妻さんをはじめ基金にかかわる人は、ほとんどが植林も国際協力も素人。出発点がそもそも素人感覚の夢だった。

――九四年、エチオピアを旅していた新妻さんは子供たちがボールのようなものを投げ合っているのを目にした。よく見るとそれは弱ったフクロウの幼鳥。「このままでは死んでしまう」。買い取って助けた。

すぐに森へ放そうとしたが、その村ラリベラでは森がすっかり消えていた。「フー太郎」と名付けたフクロウと、それから一緒に森を探す旅へ。一八日後、ようやく木立に囲まれた教会で放すことはできたが――。

新妻さんがその間に目にしたのは、長く続いた内戦などで森が消え、水も乏しい荒廃し切った大地の姿だった。

「一本でもいい。あのひからびた大地に木を植えられないか」。フー太郎との出会いで芽生えた思いが帰国後も消えず、基金の旗揚げに結びつく。

資金をためるため口座を開いたのが第一歩。チラシを手に協力者を集めたのが次の一歩。

絵本作家葉祥明さんの協力でフー太郎との出会いを描いた絵本『森におかえり』（自由国民社）を出版し、収益を口座へ。手弁当のキャンペーン隊を作って全国各地を回り、協力を呼び掛けた。

東北の片隅の街から熱意を発信し続け、わずか二年の間に支援金を寄せた人は全国に一〇〇〇人を超えた。年間の予算は八〇〇万円規模まで膨らんでいる。

＊

「けし粒みたいな私にいったい何ができるんだろうって。初めは思いましたね。こんなふうに活動が広がるとは想像もできなかった」と新妻さん。

「もちろん自分の力なんかじゃない。出会った人たちとの積み重ね。つながりの力がなければできなかったことです」

キャンペーンで知り合った同世代の女性が、自ら志願してラリベラに常駐を始めた。支援の輪に加わった千葉県と兵庫県の主婦二人が「現地を見たい」と今度の訪問に同伴した。

いろんな人生がフー太郎とともに転がり始めている。

「いま、私たちはどう生きたいのか。フー太郎の活動は自己実現の場です。夢や希望、みんなの思いを受け止める広がりがあるのかもしれません」

相馬からアフリカへ。一人の願いに大勢の思いが重なり、道はひらけた。

自分らしく社会と交わる

思いがけず涙を見た。

「幸せです。こうやってみんなから勇気をもらえるから、やってこれた……」。新妻香織さんは声を詰まらせ、マイクを持つ手で目頭を押さえた。

二〇〇〇年七月下旬、静岡市。エチオピアに木を植えようと呼び掛ける「フー太郎の森基金」のキャンペーンが、民間の小さなホールを借りて開かれた。

全国一三都市を巡る行程の三カ所目だった。相馬市に住む基金代表の新妻さんは、冷房のない古びたワゴン車に仲間と乗り込み、民泊を重ねて兵庫県高砂市、名古屋市と回ってきた。

アフリカとかかわる「活動的な女」の足取りそのままに、会場でシンボルのフクロウ「フー太郎」の着ぐるみをかぶり、陽気に協力を呼び掛ける。

涙はその後、締めくくりのあいさつの中でこぼれた。

「人から人へ。縁のなかった人まで輪が広がる。私は弱い人間でしたから。こうやって社会と交わり、活動している自分を実感でき、うれしかった」

自分一人の力で生きているのではない。一歩踏み出せば人はつながり、思いはかなう――。

涙に通じる新妻さんの思いは、五年間に及ぶアフリカの旅の体験に始まっている。

＊

一九九〇年、バブル経済の絶頂期に新妻さんは単身アフリカに渡った。当時三〇歳。相馬市の高校から東京の大学へ。旅行会社で雑誌編集の仕事を六年半務めた末の決断だった。

ケニアのアパートを拠点に現地の旅行会社で働きながら、周辺国の旅を続けた。運命の相棒、エチオピアのフー太郎とはその旅の途中に出会った。

五年目、最後の年にはアフリカ大陸横断の旅を敢行した。タンザニアからセネガルまで一年間。バスで国境を越え、安宿を渡る一人旅では、警察による拘禁、交通事故など生死にかかわる体験を何度か繰り返した。

「私は自分に向き合うことなく生きていた人間でした。ずっと自分の力で生きていると思いこんでいました」。新妻さんは振り返る。「アフリカの旅で初めて、もっと大きなエネルギーの中で動かされ、生かされていることに気付かされた」

手帳の空白が怖くて約束で埋めまくり、刺激に身を任せていた東京の編集者時代には見失っていた感覚。人、自然、目に見えない世界……。いろんな関係の中に自分がいるという発見は新鮮な悟りをもたらした。

「私はどう生きたいのか。結局寂しさの根は自分の中にあったんです」。九五年に帰国した新妻さんは東京には立ち寄らず、故郷の相馬へ。

「願いをもって社会とかかわっていこう」。フリーライターとして旅の体験を本にまとめたりして過ごし、アフリカで得た思いを九八年「フー太郎の森基金」の活動につなげた。

*

「生き方」が出発点になっている点でフー太郎の活動は異色の光を放つ。理念より、願いと行動優先。動いて得たものを次の活動に生かしていく。

九九年に行った初めてのキャンペーンは、手持ちの一〇万円を懐に全国四一都市へ飛び出した。経費は結果的に六五万円掛かったが、三〇〇万円の支援金を集めることができた。

「まず資金を工面して、と考えていたら、今ごろ活動は続いていなかったでしょうね。何より、こんなに大きな人の輪はできなかった」と新妻さん。

「よく言われますよ。新妻は運がいいんだって。でも、決してそうじゃないと思う。動きだせば、人も情報もお金も必ず向こうからやってくる」

新妻さん自身、願いを胸に一歩を踏み出すことは社会とのつながりに身を置き、自分を再生する作業にほかならなかった。

アフリカに木を植える――。

雄大なプロジェクトも、原動力は明日を向いたこころの微動に根差している。

足元と世界見つめて動く

「私がアフリカ支援の活動にかかわるなんて、いまでも信じられない」と主婦が笑う。

「そんなこと言ったら、どうして私はエチオピアまで行くことになっちゃったのかな」。別の女性が声を上げた。

「おれだって、こうやってボランティアに参加できる人間ではなかったよ」。中年の男性も照れ笑いを浮かべた。

相馬市の新妻香織さんの一歩から始まった「フー太郎の森基金」の夢。エチオピアに木を植える活動には、さまざまな人間模様が重なる。

二〇〇〇年夏行われた全国キャンペーンで、移動用のワゴン車の運転を引き受けたのはリストラで職を失った会社員だった。

千葉県木更津市の小玉茂さん（五七歳）。妻の一枝さん（五三歳）が基金の活動にかかわってはいたものの、仕事と遊び以外に関心がなくずっと人ごとだった。

失職で時間が余り、たまたま妻の本棚からアフリカの旅体験をまとめた新妻さんの本を手に取った。「こころの空白を埋めるために旅に出たという話が書いてあって」。自分の生き方を見つめ直し、フー太郎の活動に目を開く。

「いままで会ったこともない人たちと一緒に汗が流せるっていうのがいい。まったく違う自分になれた」と小玉さん。

「私も前は社会的な活動とは無縁だった」と言って一枝さんが夫の言葉を補う。「フー太郎の活動は元気になる。自分が楽しいんですよ。アフリカに木を植えるというより、自分の胸に木を植えている気分です」

＊

新妻さん自身が「自己実現の場」と言う通り、フー太郎の活動は環境や国際支援の次元を超え、人々が社会とのかかわりを広げる「窓」になっている。

須賀川市の熊田富美子さん（四一歳）の場合は、飛び込んだ一歩が突然百歩にもなった。ピアノ教師。地域で環境問題を考える活動をしている中で新妻さんと出会い、その場でアフリカ行きを宣言した。

「気が付いたら、アフリカに行く、と手をあげていた。考える活動だけでなく、地に足のついた生き方がしたいという思いをずっと持っていたからでしょうか」。宣言通りエチオピアに渡り、現地駐在員としての活動を続けた。

＊

「だれもが社会とかかわって生きたいと願っている」。新妻さんは、アフリカの旅で手にした自分の思いを繰り返す。

「願いに従って自分らしく生きること。それが自己実現なんでしょうね。私も含めてみんなにとって、自己実現の結果としてアフリカに木が植わっていれば、それでいいんですよ」

二〇〇〇年五月、新妻さんは相馬市で「フー太郎の森基金」とは別の新しい動きを起こした。「はぜっ子クラブ」。地域の主婦や会社員ら一〇人とともに旗揚げしたグループ。市内の景勝地松川浦の美しい自然を、二一世紀の子供たちへ引き継ごうと呼び掛けて活動を始めた。

松川浦に流れ込む川の水質について考えたり、浜辺の森に親しんだり。足元の環境を知るための取り組みを重ねている。

暮れの土曜日、エチオピアを訪れる直前に開いた散策会。

仲間と浜辺の森を歩きながら、新妻さんは「アフリカの一歩も、松川浦の一歩も私にとっては同じです」と言い切った。

松川浦は両親とともに暮らす自宅のすぐそば。「結婚も考えないといけないので、ずっとここにいるかどうかは分かりませんけどね」とおどけながら、「エチオピアの森と同じように、私自身のよって立つところをきちんと考えて生きていきたいから」と願いを口にした。

一歩はまた地域につながりを生み、輪が広がる。

「何でもいい。皆さん、とにかく踏み出しましょうよ。そうすれば、世の中きっと変わるはず」。アフリカで得た信念の言葉が相馬の浜風にとけた。

一隅から

吉武清実

Yoshitake　Kiyomi

「助け、助けられるという関係を地域に再生していきたい」

◎

集い語らい、関係紡ぎ合う

ビル街に光が一つ。

年の暮れ、車座の輪の中で「思い」が語られた。

「この一年ですか。そうだなあ、みんなと出会えたことがよかったかな」。一人がちょっぴり照れながら振り返った。

「ここに来て少しだけ自分が成長したのが分かる」。姿勢を正して別の人が言う。「新年はもう少しステップアップしてみようかな」。テーブルを囲む人たちから拍手が起きた。

みんなで一緒の時間を過ごすことを大切に感じ、一つの空間に通い続けてきた若者たち。

「まだなじめなくて……」と言い出した人には、そばから声が掛かった。「僕もまだまだだって。なじまない同士仲良くやっていけばいいよ」。輪の中でふわっと、こころが重なり合う。

「オーケイ!」。一巡したところで「先生」から声が上がった。吉武清実さん、五〇歳。「つながりですよね。私自身がここに来ると元気になれる」。輪の大切さを確かめるように、一人ひとりに笑顔を返した。

*

「フリースペース　つなぎっこ」。ビルが立て込む仙台市の都心、青葉区のマンションの中に、その場はある。

だれもが自由に立ち寄れるから「フリースペース」。人と人が心地よくつながる場をめざすから「つなぎっこ」――。

市民有志の集まり「仙台たすけあいシステムを作る会」が、一九九九年五月に開いた。主婦、障害者施設の職員、公務員ら五〇人を超すボランティアと賛同者が会費を出し合って部屋を借り、運営している。

吉武さんは「作る会」の発起人の一人で、「つなぎっこ」には代表兼ボランティアの一人としてかかわる。東北大大学院教育学研究科助教授で東北大学生相談所カウンセラー。

「街の寄り合い所の感覚なんですよ。生きにくさを抱えて悩む人たちが交わりの中から何かを得ていく。助け、助けられるという関係を地域に再生していきたい。それが願いです」

子育てに悩む母親たちが集まる。不登校の子供を持つ親も来る。ボランティアの主婦らが交じって思いを語り合う。みんながつながりの中に身を置く自分を手に入れ、帰っていく。

＊

毎週火曜日夜、二、三〇代の若者が集まる「火曜会」は、とりわけにぎやかな場になった。人付き合いが苦手でキャンパスで孤独を感じている学生、対人関係につまずき自宅にこもる生活を続ける元会社員、こころの病を抱えるフリーター……。

二〇〇〇年四月に四人から始まった集まりは、いまでは一〇人を超す大きな輪に膨らんでいる。何をするわけでもない。近況や世間の出来事をのんびりと語り合う。ゲームが好きな人はゲームを楽しみ、深夜まで。

「ソフトボールがしたい」と言って、キャッチボールから動き出した二人がいる。秋には芋煮会が開かれた。隣県へのドライブも企画された。吉武さんやボランティアスタッフの主婦らがそんな輪に加わり、一緒に関係を紡いできた。

一二月中旬、メンバーの提案で開かれたクリスマス会。

一年を振り返る語り合いが続く中、一人が「今日、にじを見ました」と報告した。

自宅にこもる生活が長かった青年。「にじなんて見るの、何年ぶりだったかな」。笑顔がはじけた。「つなぎっこ」に通い始めて、外に目を開く喜びを手にしようとしている。

「人と人がかかわらない方向で社会は進んできました。薄れた人間関係の中で苦しみ、悩む人が多くいる」と吉武さん。

「つながりを得れば人は生き生きしてくる。人と交わることから社会へ。この場から一歩が始まればうれしいですね」

生きる力を求めて――。

ビル街の一室に芽生えた輪から、人は明日へと動き始める。

前向きの力で大きな輪へ

気分はどん底だった。何日も何日も一人だけの時間が過ぎていく。キャンパスでは、講義も昼食もぽつんと一人。

「大げさじゃなくて本当にだれとも話さない日があった」

大学二年生、二〇歳。中学から高校と集団の人間関係になじめない自分に苦しんだ。トイレに入れない。汚れが気になって手を洗い続ける。大学に入っても苦しい自分を引きずった。

そんな彼が仙台市青葉区二日町の「フリースペース　つなぎっこ」に通いだして九カ月。

「僕はまるっきり人間が変わりました」と自分から変化を口にする。サークル活動に打ち込むようになった。外出の機会が増えた。「アメリカを旅したい」。夢に向け預金も始めた。

特別のことがあったわけではない。マンションの一室に開かれた「つなぎっこ」に通い、同じように人間関係のつまずきやこころの病を抱える仲間たちと一緒の時間を過ごす。

だれもが自由に立ち寄る「街の寄り合い所」には、近所のおばさん役やおじさん役のボランティアがいる。縦の関係にも身を置き、思いを打ち明けた。

吉武清実さんは、おじさん役として彼に接した。悩みを訴える彼を「ぐちぐち悩まないでまず動け！」と励ました。彼にはそれがうれしかったという。

「人と出会って前向きの力が生まれる。私も彼の姿を見られてうれしい」と吉武さん。

「どんな人でも、だれかのサポートを得て新しい局面へ進むんです。いまの世の中にはサポートの環境がなく、人が苦しんでいる。そこに、この場の役割があるんだと思います」

＊

つながりの場に込めた思いは、社会のすき間で悩む人たちと長くかかわってきた吉武さんの足取りに始まっている。

東北大大学院教育学研究科助教授で学生相談所のカウンセラー。大学院では自閉症などの臨床・発達心理学を専門とし、研究室の外に出て行動障害を持つ人たちの回復支援を続けた。

一五年ほど前から、当時まだ登校拒否と呼ばれていた不登校の子供たちの成長支援へ。一〇年前からは精神障害者たちの社会参加支援へと活動の範囲が広がった。

そんな中で吉武さんは社会のひずみに思い至る。

「親と子、家庭と地域、学校と地域。すべてに通い合いがなく、つながりが薄い。社会の柔構造がなくなり、人間が孤立していく。必要とされる社会の支援も期待されず、悩み苦しむ人の姿を何とかしたかった」

思いは大学やボランティアの仲間から共感を得た。吉武さんと仲間たちの提案で、つながりの場づくりをめざす「仙台たすけあいシステムを作る会」が一九九八年結成され、翌年「つなぎっこ」は動き出す。

＊

「社会とかかわって生きていきたい。この世に生きる人たちみんながそう思っている」と吉武さんは繰り返す。「つなぎっこ」には、そんな願いを持つ人たちが集まってくる。

高卒後、自宅浪人を機に四年近く引きこもりを経験した青年もその一人。二三歳。精神医療のケアを受けながら、「つなぎっこ」に通う。

自宅のベッドで過ごす時間のほうがずっと長い彼の日常の中でそこは数少ない、人とゆっくり語り合える場になった。

「引きこもりの経験もあるから、僕は人とのかかわりがないと生きられないという思いがとても強い。つなぎっこは実社会に近い雰囲気でいろんな人と話せる。大切な場所です」

自信を得た青年はいまアルバイトに挑み始めている。「働きたい、街で食事もしたい、友人がほしい」。前を向いた彼の後ろには大きな人の輪がある。

小さな一歩。それは社会に道を開く大きな一歩へ。つながりは力になった。

人の出入りが夢を広げる

メッセージがある。

〈下を向き続けて首が疲れたら、少しだけ顔を上に上げてみて。ほら、だれか待ってくれているみたいだよ〉

仙台市青葉区二日町のマンションの一室で活動する「フリースペース　つなぎっこ」。会報の「つなぎっこだより」に熱い言葉は掲載された。

〈大丈夫。たった一人になったとしても助けてくれる人、見守ってくれる人、必ずいるから〉。二三歳、東北福祉大の女子学生が書いた。相手は不登校で苦しむ子供たち。「まだ見ぬ友人たち」と彼女は呼ぶ。

「つなぎっこ」では月二回、土曜日に不登校の子供を持つ親の集まりが開かれる。彼女はその輪にボランティアの一人として加わる。自身が中学三年の時、不登校を経験した。

「人間関係が苦手という意識を引きずる自分がいた。体験が役に立てるならという思いよりも、私自身が人とかかわりたいという思いで訪ねました」

彼女には「つなぎっこ」を訪ねた初日から出会いが待っていた。母親に連れられた小学生の女の子。不登校が長く、母親の背に隠れてじっと動かない。

その場で彼女は小学生と「見合い」を勧められた。

＊

ぎこちない関係は、小学生の自宅を定期的に訪ねるようになり打ち解けた。

ほぼ半年。学校はまだ遠いが、小学生はいま「中学には行きたい」と話す。

女子学生にとっても小学生との語らいは、不登校体験をこころの底に抱える自分を見つめる機会になったという。

「つなぎっこだより」の熱いメッセージは、そんな出会いの体験を踏まえて書かれた。

「いろんな人が出入りする場は、関係が生まれるから大切なんですよね」。吉武清実さんは二人の出会いを喜ぶ。

女子学生に小学生を引き合わせたのは吉武さんだった。「人と人がつながってほしい。それが最大の願いですから」。吉武さんは仲間と開いた「つなぎっこ」の出発点をかみしめる。

吉武さんがカウンセラーを務める東北大学生相談所。人間関係が希薄な社会で育ち、人付き合いに悩む学生たちを救うのも、結局はつながりだという。

「上下関係だったり、見知らぬ世界の関係だったり。ちょっとしたサポーターが見つかると立ち直れるんですよ」

出会いがあれば、と「つなぎっこ」に誘った学生もいる。人と語り合う場に飛び込んだことで生き生きし、スタッフとして通い始めた学生も現れた。

家庭は家庭、大学は大学、会社は会社、障害者は障害者……。

「それぞれが閉じた関係の中ではいろんなものがよどむ」と吉武さん。「つなぎっこのような開いた場は今後ますます大切になってくるはず」。現場で得た実感は強まっている。

＊

「つなぎっこ」の運営自体が人のつながりで成り立つ。主婦や学生をはじめ五〇人を超すスタッフが少しずつ自分の時間を割いて足を運ぶ。会費を出し合って場を維持している。

吉武さんが顔を出せるのは週二、三度。「日々の活動はボランティアスタッフに支えられています。こんなに大勢の人が入り乱れて動く場はないでしょう」。スタッフ同士、利用者とスタッフ、利用者同士。いろんな出会いから「人の活躍」が生まれているという。

「人の活躍とは、だれかとの関係で役割を担えること。助け、助けられるの関係の中で、いい後味を得ることです」。そう言って吉武さんは続けた。

「私もスタッフも、そんな関係の中に身を置くことがうれしいんですよ。こんなつながりがもっともっと広がっていくと、いいですよね。世の中変わるんじゃないかなあ」

街の一隅から、夢が発信されている。

一粒から

高橋保広

Takahashi Yasuhiro

「農縁を進めると、新しい社会ができる感じがする。それはきっと楽しい社会だべ」

◎

縁を耕し農の楽しさ共有

麦わら帽の農民がいる。エプロン姿のシスターがいる。茶髪にピアスの若者もいる。いろんな人が畑に集い、一つになって汗を流した。

二〇〇〇年一〇月末、新庄市郊外の谷地小屋地区。その日、転作田の畑で大事に育てられてきた大豆の収穫が行われた。

畑の隅には「新庄大豆畑トラストの地」の看板が立つ。

「トラストって何だっけ」と学生が言った。「生産者も消費者も一緒に作物を作ろうってことだべ」と農民が答える。

「これまではさ、生産者は作るだけ、消費者は買って食べるだけ。そうでなくてお互いに納得できるものを作るし、買うわけだね」。別の農民が繰り返した。「なんかいいですね、それは」。学生がうなずく。

ほぼ半日。仕上げはみんなで脱粒機の周りにこぼれた大豆を一粒ずつ手で拾い、袋へ。

「畑でわいわいやれるって楽しいよなあ」。頭に手ぬぐいを巻いた農民がにっこりした。

＊

高橋保広さん、五四歳。「コメや豆で遠くの人とも知り合いになれる。百姓やっててよかったな、おれ」。縁をはぐくむ畑を眺め、笑顔がはじけた。

「大豆畑トラスト」は、国産の在来種大豆の生産と流通を進める運動として全国に広がりを見せる。新庄では、一九九八年にトラストの仕掛けが動きだした。当時「全国で最初」と脚光を浴びた動きだった。

一口四〇〇〇円で三三平方メートル分の出来高の大豆を得る契約は三年間で五〇〇件にも膨らんだ。生産規模はみそなど加工品契約の分も含め七ヘクタール。新庄は「先進地」といわれている。

「んでもなあ、自然に広がってきただけだよ。消費者とつながった活動の延長だもの」。高橋さんがさらりと言う。

谷地小屋地区の専業農家。新庄の農家一四人が参加するグループ「ネットワーク農縁」の代表を務める。新庄のトラストは「農縁」が仕掛けた。

「農縁」は九五年から、コメの産直関係を結ぶ二〇〇人の首都圏会員と交流を続ける。大豆畑トラストはそこで派生した「自然の流れ」だった。「遺伝子組み換えの輸入大豆は不安。安全な大豆が欲しい」。消費者のそんな一言に「農縁」は素早く反応して動いた。二〇〇〇年からは同じ流れで、在来品種のコメ「さわのはな」でもトラストを始め、消費者と結ぶ農業を一歩ずつ形にしている。

＊

新庄方式は金を出す、生産するという契約栽培の関係だけにとどまらない。消費者も田畑に頻繁に足を運んで汗を流す。

大豆畑には六月の豆まき、八月の草取りと首都圏から数十人単位で消費者がやって来る。秋の収穫作業をした人たちもそんな縁で集まった。

シスターは、コメの産直で「農縁」とつながる神奈川県の修道院から。若者は、環境と食料を考える東京のNGO（非政府組織）が呼び掛けた学生中心の農村ツアーの参加者たち。

畑仕事を終えた後は一緒に農業を語り合った。テーマは、農業の未来をひらくカギ――。

「農業も環境のことも大変そうでしょ。あんまり頑張らなくてもいいんじゃないかな」と学生が本音を漏らす。

「でもね、人は自分以外の人を幸せにできるかどうかが問われるのね、たぶん」。シスターが言葉を返した。

それを受けて高橋さんがふだんの思いを口にした。

「人はつながるんだって。子供、孫へといのちがつながるから、おれは変なものは食べさせたくないんだ。消費者と農民もつながっている。こうやってお互いを思いやっていけば、農業も環境も大丈夫だって」

討論は深夜まで四時間に及んだ。汗をともにし、原点を語り合える人の輪。トラストの地で一粒の縁が弾んでいる。

仲間を広げ、共同体夢見る

「金のことを考えたら、コメなどやってられねえぞ」

「んだ。田んぼ借りて面積増やしても、水代だ、何だと払えば、残る金なんてねえ」

新庄市の農家グループ「ネットワーク農縁」が仕掛ける「大豆畑トラスト」の畑。二〇〇〇年秋の収穫の日、首都圏から来た消費者と一緒に作業する合間、「農縁」メンバーの農家二人が本音で話し込んだ。

「農縁だって、金のためにやるんだったら合わねえよな」

「大豆なんてまったく金になんね。産直のコメは一人一〇俵さばければいいほうだべ」

ひとしきりぼやいた後で「んでもなあ」。一人が言った。

「いまはこうしてみんな一緒に農作業ってことがないんだって。農縁でやることは、一人でないって感じでいいんだ」

別の一人も続けた。「農縁は運動なんだよな。おれたちが都会の人たちと一緒になって農業のことを考える運動だ」

農業を人の縁で盛り上げていこうとするから「農縁」――。「みんなで楽しく農業をやりたかった。それだけ」。代表の高橋保広さんは振り返る。

＊

新庄市谷地小屋地区の農家に生まれた高橋さんは、中学卒業後すぐ農業へ。いまも水田六ヘクタール以上を耕す、地区では大きな専業農家。人の出入りが多いにぎやかな環境の中で育った。

戸数五〇弱で「結い」が盛んだった谷地小屋は一九七〇年代に入り、様子が変わった。米価は年々上がり、機械化も進んでいく。地区は個人個人の金取り話だけが目立っていった。

「お祭りがつまんなくなったのよ。それが嫌でさあ」。七五年、二八歳の時に高橋さんは奮い立つ。自分も含めた地区の「放蕩《とう》息子」を集め、「豊稲会」を旗揚げした。

「ディスコ通いの毎日だった」という集まりも、結果は「吉」と出た。仲間意識が強まり、稲作研究会へと発展。研究会は出稼ぎ先の東京・北区にも持ち込まれた。そこから市民活動の人たちへと縁が広がった。

八〇年代に入り、市民活動との縁で北区の学校給食に豊稲会のコメを使う道が開かれ、産直へとなだれ込む。環境活動と出合えば、農薬を使わない稲作へ。農業体験の希望を出されれば、喜んで受け入れた。

そうしてできた輪を高橋さんは谷地小屋以外にも広げ、「農縁」は九五年に動きだした。三〇代から五〇代までの元気な農家一四人が参加している。

＊

「もう産直の枠ではない。農業に消費者が参加する仕組みですよ」。「農縁」の消費者代表、井ノ部具之さん（五五歳）は言う。

井ノ部さんは北区赤羽で市民活動をしているフリーライター。豊稲会のころからの付き合いで、首都圏二〇〇人の「農縁」会員の産直窓口を引き受けている。

「農縁」の消費者はあえて市場より高めに設定した価格を農家側に申し入れ、「農家支援」の仕組みにこだわってきた。

二〇〇〇年一一月中旬、井ノ部さんたち首都圏の会員が赤羽で開いたイベント「収穫をよろこぶ集い」。関東一円から主婦や学生など六〇人が集まり、トラストの大豆やコメを食べながら、農業を語り合った。

「消費者として農業のために何ができるか。農縁はそれが考えられる場です」「顔の見える関係を積み重ねれば何かを変えていける」。そこで参加者は次々に期待と希望を口にした。

会場の様子を見て、「都市と農村、消費者と農家が自由に語り合える関係ができあがっている」と井ノ部さん。「農業も環境問題も、ここから解決の糸口がきっと見つかるよ」

そばにいた高橋さんも話を受けた。「農縁を進めると、新しい社会ができる感じがする。それはきっと楽しい社会だべ」

めざすは縁ある共同体。新庄で東京で、「農縁」から確かな人の輪が生まれている。

脱皮重ねてムラを変える

一粒の縁を求めて動く。

新庄市の農家一四人が参加する「ネットワーク農縁」。代表の高橋保広さんは仲間と一緒に二〇〇〇年一一月中旬、東京・八王子市のマンションにいた。

「これを見てみろ」。持ち込んだ無農薬栽培のコメ「さわのはな」のご飯粒を指さした。

「黒っぽい点が見えるべ。これがカメムシがコメの汁を吸った跡なんだけどさあ。ほら、食ってもなんともねえべ」

子連れの若いお母さんたち八人がうなずいた。コメの産直で「農縁」とつながる八王子の子育てサークル代表の自宅。サークルのメンバーが集まる機会に農縁が昼食会を仕掛け、自慢のコメを売り込んだ。

「見栄えのためには農薬使ってカメムシを駆除する。みんながいつも食べてるのはそういうコメだよ。どっちがいい」。高橋さんの語り掛けは続く。

「さわのはなも市場には出ないコメだ。これは化学肥料が苦手で農薬が嫌いだから、つくる農家が少ない。んでも、味は最高。農家とつながっていないとこんなコメは食べられねえぞ」目を丸くするお母さんたちを前に、高橋さんはにんまり。

「これで注文が取れるわけではないのさ。んでも、いいの。少しでもおれたちの農業を知ってもらえた」と満足そう。「この人たちは、いつか農縁の応援団になってくれるから」。言葉には自信がのぞいた。

＊

「都市耕作隊」。「農縁」は首都圏で行う独自のゲリラ的なキャンペーンをそう呼ぶ。

一九九五年の結成以来、収穫が終わった晩秋にメンバーが首都圏に散る。産直取引のある消費者のつてを頼って数軒を回ってコメや大豆を売り込む。予定なしで団地内に入り、ピンポーンを繰り返したこともあった。

販路拡大も含めて都市との縁を耕すのが狙いだが、いまは「農縁」のメンバーが、消費者のそばにいるという意識を確認する「儀式」に近い。

消費者の生の声につながることで、自分たちの農業の方向がはっきり見えてくる――。一四人はそう確かめ合っている。

「農縁でやってきたことはすべて、自分たちの足元を見直す作業だったんだよなあ」。高橋さんが歩みを振り返る。

「大豆畑トラストのきっかけになった遺伝子組み換えのことだって、初めはみんな知らなかったさ。

消費者からいわれて勉強したら、これは大変だって。人とつながると、おれたちの意識が変わっていく。むらもどんどん変わっている」

二〇〇〇年七月、新庄で市民団体「新庄・最上環境会議」が旗揚げした。農業用水や井戸水に関心を持とうと市民に呼び掛け、勉強会や水質調査の活動をする。

設立の中心になったのは「農縁」だった。産直でつながった神奈川県の市民グループの提案を受け、すぐに動いた。農業から環境問題へ。「農縁」の行動範囲はぐんと広がっている。

＊

「農縁」は、農協など農村を動かしてきた旧来の力には頼らない。子育てサークルや環境グループといった草の根の消費者との付き合いを大切にする。

自分たち自身がそこで脱皮を繰り返す。ひいては地域全体の変化につなげていく。

「東北は本当の意味で人を養える場になったと思うよ」と高橋さん。「環境を考え、人の体に害のないものを提供する土地としてやっていけるのは東北ぐらいでねえか」。顔の見える関係で得た確信は揺るがない。

「んでも、それに気付いている人はなんぼいるべ。足元のことって、なかなか気付かないもんだ。大事なことはいっつも人が教えてくれる。だから、農業はいろんな人とつながっていないと駄目なんだってば」

縁の力で活路をひらく。新世紀、「農縁」にはまだまだ進化の道が待っている。

風の肖像　V

問う

〈問う〉――――――――――――

揺れ動く時代だからこそ、際立つ課題がある。いのちの「重さ」、過去の「痛み」、暮らしの「豊かさ」――。出会いで救われた難病の女性は、与え合って生きる喜びを。過ちの歴史を知る男性は、平和な社会に潜む危うさを。古里に農園を開いた新農民は、自然のリズムに沿って暮らす楽しさを。揺らぎつつある「つながり」を《問う》人たちのこころに風を見る。

重さ

菊田としえ

Kikuta Toshie

「生きられる。それはそれだけで素晴らしいこと」

◎

出会いに救われた、いのち

生きている。

つらく厳しい運命を背負った一つのいのち。人のきずなを得て力はよみがえり、歩みは新しい世紀へとつながった。

二〇〇一年一月中旬、寒波が尾を引いた土曜日の午後。仙台市青葉区一番町のアーケード街に、いのちからの訴えが響いた。

そろいの黄色いジャンパーを着た人たちが、道行く市民にチラシを配り続ける。

「いのちを救うのはあなたかもしれません」「たくさんの人が病気と闘っています」「骨髄バンクに

ご協力ください」

宮城骨髄バンク登録推進協議会の街頭キャンペーン。

ボランティアたちの先頭に立ち、骨髄ドナー（提供者）登録への協力を呼び掛けたのは一人の元白血病患者だった。

菊田としえさん、二九歳。仙台市泉区に住む市職員。

少し不自由な足を気遣いながら愛用のつえを傍らに置き、雑踏の中を懸命に動き回った。

「移植がなければ、いまごろ私は……」。菊田さんは振り返る。「人の支え合いの中で私のいのちはいまも続く。いのちがどんなに尊いか。私の思いが骨髄移植への理解とともに、多くの人に伝わるならば」

生の実感といのちの重さを知る者の責任感を胸に、願いを込めた呼び掛けは続いた。

*

菊田さんには「誕生日」が二つある。一九九三年、仙台市交通局のバスガイドとして働いていたころ急性骨髄性白血病と診断された。死の恐怖と直面する日々を救ったのが骨髄移植だった。九五年、二四歳で移植を受けた日を、菊田さんは二度目の誕生日と呼ぶ。

「私の場合は幸運でした。ドナーが見つかりましたから。ドナーが見つからずに亡くなる人は多いんです……」

白血病など血液の難病は、血液を造る骨髄液の移植が治療の決め手になる。白血球の型が一致することが移植の条件。

一致する確率はきょうだい間でも四人に一人と低い。それ以外では、数百人から数万人に一人と極端に低くなる。

「一人でも多くドナー登録を増やし、一致の確率を高めることが、いのちを救う道になる」と関係者は願う。

「全国で移植を望む人はおよそ一七〇〇人います。いまこの瞬間も、患者は一刻も早くドナーが現れるのを待っているんです」。菊田さんは自身の経験を踏まえて、強く訴える。

病気の公表を控えたいという思いや体調の心配などから、表だって活動に参加する骨髄移植経験者は少ない。菊田さんはその壁を乗り越え、元患者として街頭に立ち続けてきた。

「仲間を救いたい。受けた恩に報いたい」。募る思いを裏で支えるのは、いのちへの感謝の気持ち。

「生きられる。それはそれだけで素晴らしいこと」。菊田さんの言葉は、そのまま社会にメッセージとなって届く。

＊

二〇〇〇年一一月初旬、菊田さんは東北大川内キャンパスの講義室に立った。大学祭の催しに講師として招かれ、骨髄移植の体験といのちの話をした。

「皆さん、生きていることの喜びを感じていますか」

講義室に、菊田さんの静かな問い掛けの言葉が響いた。

「つばも飲み込めないほど痛みが走りました……」。闘病体験の話に聞き入る学生たち。

菊田さんは、かつて不治の病ともいわれた白血病から救われた喜びをありのままに語り、訴えた。

「最近はいのちの大切さ、生きる意味が薄らいでいないでしょうか。人のこころの懸け橋に助けられ、こうして元気になったいのちもあるんです」

体験を基にこころに語り掛ける菊田さん。「大切なもの」を問う人の姿がそこにある。

人から人へ生きる力語る

きずながある。

四つ折りにした一枚の紙を開くと、菊田としえさんは文面をじっと目で追った。「私の宝物なんです」。肌身離さず持ち歩いているという。

見せてもらった。数行、手書きの文字が書いてある。

〈成功を祈っています〉。そんな趣旨の飾り気のない、まっすぐな励ましの言葉。

「私にいのちをくれた人からの、大切な手紙なんです」と言うと、菊田さんの目がかすかに潤んだ。

手紙は一九九五年、菊田さんが骨髄移植を受けた直後、骨髄バンクの事務局を通して病院のベッドに届けられたという。

差出人は骨髄のドナー（提供者）だった。さまざまなトラブルを避けるため、ドナーの詳細は移植患者には一切知らされない。手紙も匿名だった。

「名前も住所も年齢も分かりません。でも、人の優しさをあれほど強く感じられたことはない。いまも、いのちがどこかでつながっているという思いで手紙に目を通しています」

人の支えで生きる自分がいる――。そんな思いは、いのちの重さをいつも自分に問い掛けて生きる菊田さんのこころを、奥底で励まし続けてきた。

＊

一九九三年、二二歳の冬。菊田さんの人生は一変した。

バスガイドとして仙台市交通局に元気に勤務する中で感じた、小さな不調がきっかけだった。せきが続く。だるい。

診察を受けた日に入院させられた。治療が始まると、訳が分からないまま髪は抜け、吐き気、頭痛、高熱が襲った。

急性骨髄性白血病。病名が告げられ、苦痛が抗がん剤投与の副作用と知るのはずっと後になってから。「骨髄移植しか手はない」。医師にいわれて初めて骨髄移植のことを知る。

病院側は治療の傍ら、白血球の型が一致するドナーを探し続けていた。入院から一年近くして、一致は不完全ながら移植が見込めるドナーと巡り合う。九五年、移植は実現した。

不完全な一致による移植のため術後は激痛に苦しんだ。何度も危険な状態に陥った。夜通し、母親と二人で泣きながら「がんばれ、がんばれ」と声を掛け合ったこともあった。

「そんなとき、ドナーからの手紙は力になりました。生きることをあきらめるなって」

いのちは再び生に向かって歩み始める。九六年に退院。仙台市内の保健所が新しい勤務先となった。足に後遺症が残ったものの、いまは元気を取り戻し以前の暮らしに戻っている。

＊

「不思議ですよね、いのちって」。いまある生の喜びを菊田さんは強くかみしめる。十数万人のドナー登録者の中から、たった一人とつながっていのちが救われる不思議。死をのぞき見た体験を通して初めて手にした「生きていること」の重さ。

そんな思いを菊田さんは多くの人に伝えたいと願う。学校や公民館から請われ、二〇〇〇年は骨髄バンク協力の訴えを兼ねて四カ所に講演に出向いた。

「生きていることが当たり前と思わないでください。この世には生きたくても生きられない人がたくさんいます」

そう語り掛けた仙台市原町小の六年生からは、感想の手紙が返った。

〈……私は強く生きることにしました。いのちを失わないようにがんばっていきたいです〉

〈笑って生きたい。笑っていれば、どんなことにもたえられる気がする。こんなことが言えるのも、菊田さんが骨髄移植のお話をしてくれたからです〉

ドナーから菊田さんへ。菊田さんから子供たちへ。生きる力を伝えるリレーは続く。

希望と自信を与え合う喜び

やりとりされるものは何だろう。「骨髄のほかにも大切な何かをもらった気がする。こころかもしれません」。骨髄移植を経験した元白血病患者、菊田としえさんはそう言った。

「そうですね。私自身も、生きているっていう実感を患者さんからもらいました」

菊田さんの言葉を聞き、そばで一人の女性がうなずいた。

臼井久美さん（二七歳）。菊田さんらとともに宮城骨髄バンク登録推進協議会で活動するボランティア。ドナーとして生の希望を患者に届ける側を経験した。

「互いに匿名の関係だから会えないけど、かなうなら私の骨髄を受けてくれた患者さんに言いたい。ありがとうって」。弾んだ明るい言葉が続く。

「骨髄移植は生きる自信を私にくれましたから」

＊

臼井さんにとって人のいのちとかかわった経験は、迷いの中にあった自分の生の足取りを固める転機になった。

骨髄バンクに臼井さんがドナー登録したのは一九九七年、二三歳の春だった。

仙台市青葉区に住む臼井さんは市の施設で働く派遣社員。「あのころはずっと自分を責め続けていました」。ドナー登録に臨んだ気分を振り返る。

高校二年の時、母親ががんで亡くなった。母親は父親との関係で苦しんだ。耐え続ける母親に臼井さんは悪態をついた。

そんな中での死。「だんだん母の死が自分のせいに思えてきて」。悔やむ気持ちがしこりとなり、自分を苦しめた。

いのちは何のため、生きるのは何のため。漠然と膨らむ疑問や罪の意識。たまたま街で目にした骨髄バンクのパンフレットで、思いははじけた。

「私にも何かできるかもしれない」。動きだすと、早かった。登録から一カ月後に、白血球の型が適合する患者から要請があった。

九八年、骨髄提供。「母があって私がある。母からもらったいのちが役に立つ。そう思ったら気持ちが軽くなりました」

骨髄ドナーの経験を経て臼井さんの毎日は変わった。仕事以外に、骨髄バンクなどのボランティア活動に打ち込む。

「いのちのことを考えられるのっていい。人がこんな形でつながることができる幸せを、多くの人に伝えたいんです」

臼井さんには二〇〇〇年暮れ、別の患者のドナーとなる照会が届いた。「適合すれば喜んでお役に立ちたい」。声は一段と弾んでいる。

＊

与えているようで、受けている。受けているようで、与えている。一方通行に思われがちな骨髄移植の関係で、交わされているのは濃密な生への思い。

「生きることが幸せと思える自分を大切に、懸命に生きること。それが私にいのちをくれた人への報いにもなると思います」

骨髄移植でいのちを救われた菊田さんは、あらためて自分の生の重さをかみしめる。

移植を受けてからずっと前を向き続けてきた菊田さんに、大きな転機が訪れた。

結婚。四月から、仙台市を離れ、いわき市の会社員志賀正弘さん（三五歳）と新しい生活が始まった。

志賀さんは菊田さんと同じ白血病患者だった。九六年に骨髄移植を受け、救われた。九九年に骨髄バンクの交流会で二人は出会い、交際を重ねてきた。

骨髄バンクを介して移植を受けた元患者同士の結婚は、全国で二組目。

「病気が再発する可能性はゼロではありません。でも、何があっても二人で手を携えて生きていきます。病気で苦しむ人たちのためにも」。志賀さんと菊田さんは誓い合う。

出会いあっていのちあり、いのちあって出会いあり――。

「いのちのリレー」で出発点に立ち返った人たちの視線の先に、愛と希望が満ちている。

痛み

岩田正行

Iwata Masayuki

「小さなことでいいから一人ひとりが気を付けていけば、いつか平和は実現できると思います」

◎

血と涙、悔恨の現場にたどる

川がある。

恨みの血と涙が流されてできた川。「人の手でつくられた川です。中国人たちは朝から晩までここを掘らされました」。案内する男性の言葉が震えた。

水の流れは少ないが、川幅はゆうに三〇メートルを超えている。「当時は重機なんかありません。田んぼだった所をシャベルやつるはしだけで……」。声は次第に沈んでいく。

「私はそんな姿をこの目で見て育ちました」

岩田正行さん、六七歳。過酷な作業に耐える中国人たちの様子は五〇年以上前、少年時代の記憶とともにある。

川辺の道は小学校に毎日行き来した通学路だった。

「炎天下の夏も日の出から日没まで働かされていました。吹雪の冬も凍った川に、ももまで漬かって働かされていた。そうして何人もが死んだんです」

戦争と人間。差別と痛み。岩田さんにとってそこは重い過去を直視する場になった。

＊

大館市郊外、旧鉱山地区花岡町を流れる花岡川。最下流の一キロの区間は、鉱山の落盤を防ぐための、う回用の新水路として戦時中に掘られた。

「花岡事件」はその掘削作業が発端になって起きた。

一九四五年、終戦直前の六月三〇日、鹿島組（現鹿島）花岡出張所に強制連行された中国人が、掘削作業の苦役に耐えかねてほう起した事件。

暴動はすぐに鎮圧され、逮捕後の拷問などで一〇〇人近くが命を落とした。

作業中の重労働や虐待による死も合わせると、中国人死者は四一九人に上る。過去の償いは長く日中関係者の懸案になってきた。中国人側が求め続けた損害賠償請求訴訟は二〇〇〇年暮れ、和解という形で決着を見たものの、戦争の実相を問う事件の重みは消えない。

「あんな過ちを繰り返さないためにも、事件のことをきちんと後世に語り継がないと」。大館市に住む岩田さんは自分に課した責務を口にする。

元小学校教員。「花岡フィールドワーク案内サークル」の一員として、九七年からボランティアで花岡事件の記憶を伝える活動を続けている。

サークルは、事件の被害者支援や記録活動をする市民グループの一つ、「花岡の地日中不再戦友好碑をまもる会」に参加する教員OBがつくった。

秋田県内外から訪れる修学旅行生らを、二七人の会員が手分けして現場に案内する。

中国人の強制連行に使われた小坂鉄道、収容所になった中山寮、鎮圧後に首謀者探しが行われた鉱山施設の共楽館、そして発端の花岡川。碑さえ残らないところが多い現場の跡地をゆっくり二時間掛けて訪ね歩き、事件を振り返る。

＊

岩田さんは花岡川の過酷な作業のほかにも、共楽館で中国人たちに与えられた拷問や虐待の様子も記憶している。

「殴られたり、け飛ばされたり。人間とは思えない扱いを受けているのを見ました」。サークルのボランティアでも、血と涙を流す中国人の姿を見た人は岩田さん一人という。

「この目で事件の実態を見た人間として自分なりの務めがあると思う」。そこには事件の現場にいた人間だからこそ抱えるつらい思いも重なる。「花岡事件は私自身の事件でした。あれ以来負い目は大きい」。岩田さんは苦しそうに続けた。

当時一一歳。分別のつかない子供だったとはいえ、中国人たちへ投げかけた自分の差別的な目線が忘れられない。

「私はみんなと一緒に何の罪もない中国人たちに差別的な言葉を投げ、さげすんでいました」と岩田さん。「私も事件の加担者なんです」。問うべきは自分の弱さ、人間の冷酷さ、戦争の異常さ――。重い荷物を背に記憶の現場に立つ。

差別が生む怖さ赤裸々に

「中国人たちは怒鳴られ、殴られっぱなしでした。おじさんはこの目で見たんです」

記憶の現場で岩田正行さんは声をからした。

大館市花岡町。市民グループ「花岡フィールドワーク案内サークル」の一員として花岡事件を語り継ぐ岩田さんは仙台市の尚絅女学院中の二年生を現場に案内した。

尚絅女学院中の二年生は、戦争と平和を考える校外学習の一環で毎年大館市を訪れる。

岩田さんの語調が強くなったのは、鉱山従業員の娯楽施設「共楽館」の跡地に入った時だった。暴動鎮圧後、中国人が集められ、拷問を受けた場所。

「栄養失調で、ほお骨が出てがい骨みたいだった」「服は袋みたいな布切れ。ボロボロで体が透けて見えた」

岩田さんの説明を生徒たちがノートに書いていく。

「この場所でね、おじさんは拷問の様子を、いい気味だと見ていたんです」。説明の終わりに出た岩田さんの言葉に、生徒たちのペンが止まった。

「皆さんはもう絶対やっちゃ駄目ですよ」と言って岩田さんが続けた。「当時はみんなが中国人や朝鮮人を差別的な呼び名でばかにしていた。おじさんもその一人だった。事件はそんな中で起きました」

絞り出すような声。過去を語って岩田さんの目は潤んだ。

＊

花岡事件が起きた一九四五年当時、花岡町は軍需用の鉱山町として栄えていた。両親が鉱山に勤めていた岩田さんもその一画で少年時代を過ごした。

小学五年生だった岩田さんは事件の翌日、「暴動を起こした中国人が集められている」と聞き、共楽館へ走った。

暴動の首謀者探しのため連行された一〇〇人を超す中国人たち。後ろ手に縛られ、無抵抗のうちに殴られる。建物の中からは拷問の叫び声が聞こえてきた。

「いま思えば本当に残酷でした」。岩田さんは脳裏に焼き付いた光景を思い返す。

「戦時中の教育では日本人が世界一で、中国人は人間以下の人間だった。そんな愚かな序列を少しも疑わなかった」

興味本位で群衆の中で虐待を見ていた自分。事件の発端になった花岡川の過酷な強制労働の様子も、当然ととらえ眺めていた自分。戦後それは次第に岩田さんのこころを締め付けた。

事件から半世紀。自分をさらけ出して語ることで岩田さんは自分と日本の過去を問う。

「皆さんはメード・イン・チャイナって聞いて、どう思いますか」。一段落したところで岩田さんは尚絅女学院中の生徒たちに問い掛けた。

「劣ったものと決めつけていませんか。どこかこころの片隅に中国製のものを差別する気持ちはありませんか」

話題がいまのことに飛んで生徒たちの顔が少しゆがんだ。

＊

自分がかつて中国人たちに向けた差別のまなざしは、戦争という異常な情勢の中で膨らんだものには違いない。それはしかし、戦争がなければ芽生えない感情だったか。集団になると、人間があれほどまで差別的に冷酷になれるのはなぜか——。

ずっと問い続けてきたものを、岩田さんは生徒たちに「中国製」のたとえで投げ掛けた。

「もしも皆さんが花岡事件の中国人の立場だったらどうですか。差別、虐待される側だったらどうしますか」

「いつも逆の人の立場になって考えてください。住みよい世の中をつくるのは、これからの若い皆さんの力ですから」

現場で繰り返し訴えたのは他人の「痛み」への想像力。

「異質なものを排除する気持ちが根っこにある限り、一見平和ないまの社会でも悲劇は起こります」。

岩田さんは体験で得た信念を伝え続ける。

過ちの記憶　いまに生きる

〈私はひどく心がいたみます〉。重い気持ちをつづった生徒たちの感想文が届いた。

〈戦争をしてよいことは一つもない。……人間がここまで残酷なことができるなんて……。同じ人間をなんで差別しなければならないのでしょう〉

原稿用紙八八枚、四四人分。大館市花岡町を校外学習で訪れた仙台市の尚絅女学院中二年生が書いた。

生徒たちは同じ旅程で見学した青森市の三内丸山遺跡にはほとんどふれず、感想文は花岡事件への思い一色になった。

〈事件を知らない人たちに教えたい〉と書いた子もいる。

「過去の事件からいろんなことを感じ、考えてくれたことがうれしい」。大館市の自宅で一文一文に目を通しながら、岩田正行さんは世代を超えて伝わったものを確かめた。

市民グループ「花岡フィールドワーク案内サークル」のボランティアとして、生徒たちに花岡事件の現場を案内した。事件当時、自分も差別の言葉を中国人に投げたことを打ち明け、戦争の愚かさと人間の奥に潜む差別意識の危うさを訴えた。

思いを受けた若い世代の感想文を手に、岩田さんは語り継ぐことの大切さをかみしめる。

同時に「もっと早くから事件のことを話しておくべきでした……」とも語った。地域の事件を地域で伝えることの難しさ。それもこの半世紀、岩田さんが引きずってきた思いだった。

＊

岩田さんは一九九四年に定年退職するまで三九年間、生まれ育った花岡町の花岡小を含め七校で教壇に立った。

教員組合の活動で、花岡事件犠牲者の遺骨を中国へ返還する運動などに参加した。問われれば、教え子たちに事件の概要は話した。しかし、現職の教員時代、自ら進んで事件を語ることはなかったという。

「地元の出来事だから子供たちにはありのままに伝えておきたい。ずっとずっと思いながら、できませんでした……」

地域にとって事件はつらい記憶。多くの人が痛みをこころに抱えつつも、できれば忘れたい不名誉な過去として残る。そこに生きる人間だからこそ、沈黙の重圧は身に迫った。

「自分の弱さ」を口にする以外、岩田さんはあまり多くを語ろうとはしない。言外ににじむのは、内なる壁と外なる壁の両方に苦悩した軌跡。

中国人に差別的なまなざしを向けていた記憶とともに、過去を問うことの苦しさを岩田さんは抱えて生きてきた。

宿題に向き合いたい――。退職を契機にボランティアとして積極的に事件の現場に立つようになったのは、無念の裏返し。後悔の念からじっと自分の過去を見つめ直した結果だった。

＊

教員ＯＢ仲間と九七年につくった「花岡フィールドワーク案内サークル」では、事件現場の案内とともに、会報「いしぶみ」の編集も担当している。Ｂ四判、見開き一枚。月一回の発行を励みに退職後に覚えた慣れないパソコンに向かう。

案内した人たちからの手紙や感想文を会報にまとめる作業を通じて思うのは、深く過去を問い続けることの重みだ。

「小さな過ちの繰り返しが大きな悲劇につながる。その教訓を忘れないように、私は体の動く限りあの事件の本当の意味を問い続けたい。そうすれば、日常に潜む戦争の危険も平和の尊さも未来に伝えられる」

尚絅女学院中の生徒から送られた感想文の一つを、岩田さんは何度も読み返す。

〈まずは身近なことから始めればいい。いじめをなくしたり、悪口を言うのをやめたり。小さなことでいいから一人ひとりが気を付けていけば、いつか平和は実現できると思います〉

過去はいまに生きる。

豊かさ

酒匂　徹

Sakawa　Tooru

「自分自身のいのちを自分で賄える人間になりたい」

循環の思想で農を楽しむ

幸せがある。

雪にすっぽりと覆われた山あいの田んぼ。あぜに育つネムノキから種をせっせと集める。

「春になったらこの種をあぜに埋める。ネムノキを増やすんですよ」。見渡すとぽつりぽつりと木が並んでいる。ハンノキ、梅、桜、桑……。一ヘクタールほどの広さにざっと一〇〇本。多くは自分の手で苗木から育てたという。

「自然の循環を考えてのことです」。めざすものを口にして若い農民の顔がほころんだ。

ネムノキやハンノキは空気中の窒素を地中に取り込み、土を肥やしてくれる。他の木も無駄はない。

葉は土になる。枝は薪《まき》になる。実は食用になる。花は耕す人のこころに響く。

「化学肥料に頼る農業では田んぼの木の効用は見向きもされません。機械作業には邪魔だから真っ先に切ってしまう。自然の循環は忘れられています」

酒勾《さかわ》徹さん、三四歳。「生き方」を求めて農の道に進んだ人の説明は続く。

「私たちは逆を行く。自然にあるものを生かしていけば、環境に負担を掛けずに暮らしていけますから。そのほうがずっと楽しいですからね」。熱い言葉が冬の田んぼで弾んだ。

＊

〈自然農園ウレシパモシリ〉。岩手県東和町に開いた暮らしの場を酒勾さんはそう呼ぶ。アイヌ民族の言葉で「この自然界そのもの」という意味。「自然と共生したアイヌの暮らしを目標にしたい」と願って名付けた。

北上市のサラリーマン家庭に生まれ育った。千葉大在学中に農業を志し一九九六年、Uターンして東和町に移り住んだ。戸数六〇の小集落の外れにあった休耕田一・三ヘクタールと空き家を借り、妻淳子さん（三〇歳）と一歳の息子の三人で暮らす。

休耕田のうち三〇アールは水田に戻した。残りの土地では、アワやヒエなどの雑穀や野菜五〇種類以上を栽培している。完全無農薬で、一〇〇羽の鶏を飼って鶏ふんを主な肥料として使う無化学肥料の農業。コメは不耕起、アイガモ農法を試みる。

他人のためではない。作物はほとんど自家消費する。金を出して買う食料は肉や魚、乳製品、調味料などわずか。月に一万円にもならない。生活に必要な収入は夫婦で定期的なアルバイトをし、賄っている。

「大変でしょうって、人には言われます」と酒匂さん。「でも、こんなに楽しい暮らしはありません。自分たちで作ったものを口にし、自然の中に生きられるのが一番ですから」

酒匂さん一家がめざす暮らしは、その道では「パーマカルチャー」と呼ばれる。

土地にあるものをそのまま生かして永続的な暮らしをすること。農を軸に自然環境のリズムに合わせた生き方が目標だ。

＊

一月下旬、酒匂さん宅に泊めてもらった。水はすべて井戸水を使う。暖房は薪ストーブで一四度の室温。布団には懐かしい湯たんぽが用意された。

食事はキビ入りご飯に自家製みそのみそ汁、ヒエのコロッケが添えられた。食器洗いには洗剤代わりに近くの川で採ったというサイカチの実を使った。

トイレは簡易水洗だが、紙は流さない。ごみ箱にためて燃やす。「便槽にためたふん尿を発酵させてガスを採り電気を起こすんです」。発電装置はこの春から稼働させる計画。紙は発酵後の液体を肥料として田畑に返す際に邪魔になるという。

徹底した循環の思想――。

「木と土、土と作物、作物と家畜、家畜と人間。自然には無限のつながりがある」。そう言って酒匂さんは問い掛ける。

「つながりを一つひとつ結び直して太く強くしていけば環境もよくなる。人間も生きやすくなると思いませんか」

いまを問う人のまなざしは懐かしい。

自分のいのち自分で賄う

おむつが黄ばんでいる。

一歳の息子のために使う洗濯したての木綿のおむつ。

「びっくりしましたか。白くないから。でも、おむつが真っ白じゃなきゃいけない理由ってないんですよね」

息子をあやしながら、酒勾《さかわ》徹さんは暮らしのこだわりを語った。

岩手県東和町に酒勾さんが構える〈自然農園ウレシパモシリ〉。農を軸に自然の循環に沿った生き方をめざす「パーマカルチャー」の暮らしでは、ささやかな試みが意味を持つ。

農園では家庭排水の一部は田んぼに流れ込む。作物を潤す水環境のつながりを大事にするために市販の洗剤は使わない。洗濯には廃油利用の粉せっけんやサイカチの実を使う。おむつが白くないのはそのためだ。

「自然のままが一番楽しいですからね」。妻の淳子さんが続けた。

子供の誕生そのものが「自然」だった。出産は助産婦を呼び、自宅で行った。

産声は夜中の一時を回ってから。「ちょうど満潮の時刻だったんですよ」。生まれた息子には「合歓《ねむ》」の名前を付けた。自然循環に沿った農の象徴として田んぼに植えているネムノキから取った。

無理なく環境に包まれて生きたいという思い。暮らしの隅々にそれは染み込み、自分流の「生き方」として積み重なる。

「発展途上国の飢餓と貧困に関心を持ったのが始まりでした」。酒匂さんは振り返る。

＊

高校時代から飢餓と貧困を救う食料生産に関心を深め、千葉大園芸学部に進んだ。農業技術指導者として途上国に渡ることを夢見て千葉県内の農家に住み込み、有機農業や流通のノウハウを身に付けた。

願いかなって農業指導者研修に参加し、タイとフィリピンに渡った。そこで「自分の間違いに気付いた」という。

「指導するなんて発想自体が間違いだった。むしろ生きる力を私は教えられた」

土地にある資源を生かして自分の口に入るほどの作物を育て、こころ豊かに生きる人たちを見た。農はすなわち自然の中で生きること。原点にふれ、商品としての作物を育てる技術しか眼中になかった自分を反省した。

帰国後、自然との共生を目指す農村生活が「パーマカルチャー」という思想に体系化されていることを知る。

パーマカルチャーの先進地ニュージーランドに渡り、農場一二カ所を一年掛けて回ったのが二五歳の時。実践農家を目指して一九九四年、二六歳で故郷北上市にUターンした。隣町の東和町にいまの農園用地を見つけ、九六年に移り住んだ。町内の園芸施設に勤めていた淳子さんと知り合い、二年後に結婚。一緒に「農を楽しむ」暮らしが続く。

*

酒勾さんは借りた家のそばに自分の手で理想と考える住まいを建てた。

一階が作業場、二階に二間の小さな家。東和町に移り住む前に工務店で大工のアルバイトを始め、技術を覚えた。

居間は、床と壁の一部を素焼きタイルで覆ってある。「タイルは暖まると冷めにくい。部屋に差し込む太陽光やストーブの熱を蓄えて、夜は部屋を暖めてくれるんです」。緯度や冬至の南中高度から、日光の当たる範囲を計算して設計した。

「自分自身のいのちを自分で賄える人間になりたい。ずっとそう思ってきた」と酒勾さんは言う。

「人任せにせず、自分で暮らしをつくること。それはそのまま、自然や環境の循環の中で農に生き、無理をせず暮らすことにつながっていく」

パーマカルチャーの提唱者、オーストラリアの生態学者ビル・モリソンの言葉を引き、酒勾さんは付け加えた。「『飼い慣らされるな』です。流されないで考えて生きる自分を大切にしたいだけなんですよ」

百姓の技で自然とともに

知恵を受け継ぐ。

一二月中旬、岩手県東和町内の農産加工施設。

町内の山あいに〈自然農園ウレシパモシリ〉を開く酒勾徹さんは、コメ麹《こうじ》作りを学んだ。同じ集落に住む専業農家砂川寿郎さん（七一歳）、整子さん（六三歳）に個人的に先生役を頼んだ。

「いまは自分の手で作る農家は少なくなったからねえ。若いのに自分でやろうとするなんて本当に偉いよ」と整子さん。

「古米のほうが麹菌のつき具合はいい」「ふかし器にコメを入れるときは嫁さんを抱くよりも優しく扱え」。やわらかい冗談を交えて、経験で積み重ねた細かい技術を授けた。

「麹の作り方の基本は本には書いてあるんですけどねえ。こうして土地の人から学ぶのって、やっぱり違いますすよ」

酒勾さんが教えの一言一言に笑顔を返し、思いを語る。

「一〇〇の技術を持つから百姓っていわれる。自分で暮らしのすべてをつくり出して生きる。ずっと前から農村で百姓がやってきたことを、私は農園でやろうとしているんですよね」

めざすものを地域の人との語らいの中に確かめ、酒勾さんの表情はふわっと和んだ。

家事の排水が流れ込む水路に、水質浄化力のある植物ミントを植える。農薬を使わず害虫を駆除するため小松菜のそばにニンニクを混植する。鶏舎は傾斜地に建て、落ちてくる鶏ふんと生ごみで自然に肥料ができるようにする——。

＊

酒勾さんが農園で実践する暮らしは、一つひとつささやかな気遣いで成り立つ。

農を軸に自然循環の中に生きる暮らしを、理論として体系化された海外に学んだ関係で「パーマカルチャー」と呼んではいるものの、いずれも少し前の東北の農村で経験として実践されていたことだった。

「自然界のつながりを第一に考えて工夫する。それだけなんです。だからだれでも、どこでも、いつでも始められます」

灯油は使わない、電子レンジやコンバインは持たない。といっても、テレビも車も冷蔵庫も一応は備えてある。

「禁欲はしません。でも、本当に必要かどうかを考えて最小限の利用を心掛けている」と酒勾さん。

妻の淳子さん（三〇歳）も言う。

「人間って何も持たないで生まれてくるのに、いろんなモノを持たないと生きられなくなっていく。こうして暮らしていると、生きるのに必要なものは自分で生み出していける」

自然に問い掛けながら考えて日々を送ること。「暮らしの実感を手にすることが、私たちが求める豊かさですから」。二人は口をそろえた。

パーマカルチャー実践者として、酒匂さんには講演や原稿執筆の依頼が舞い込む。全国から毎月視察者も訪れる。

当初は「宗教関連ではないか」と警戒もあったという地域の空気はまだ硬いが、次第に理解者も現れ始めた。

*

麹作りの先生になった砂川さん夫妻は、酒匂流の暮らしを同じ農家として支持している。

「ゆとりやいやしって言うけど、ボタン一つで何でも済ませる暮らしをしていて、何がゆとりなんだろうね」。麹作りを教えながら、酒匂さんに語り掛けたのは砂川整子さん。

「私はこの年になってやっと分かったけど、あなたは若くして気付いた。農業ほどいいものはない。お金じゃないのよ、豊かさって。こころよね」

照れ笑いしながら酒匂さんがこたえる。「一人ひとりが少し立ち止まって考えればいい。考えた結果はたぶん、つらい選択ではなく楽しい選択。生きている実感がある、ゆったりとした暮らしだと思いますよ」

環境の世紀。自分を問い、時代を問い、人が生きる。

風の肖像　Ⅵ

結ぶ

〈結ぶ〉――――――――――――――――

「つながり」は輝く。一人ひとりの小さな願いが重なり合って、街と人を明るく照らす確かな輪。こころの障害を持つ人たちが語り合って「歩み」、生まれた土地の魅力を仲間と確かめ合って「誇り」、文化や言葉の違いを分かり合って「理解」――。差別の壁も年代の差も職業の枠も、さらには国籍や民族の違いも超えて、地域の力を《結ぶ》人たちの姿に風を見る。

歩み

根本あや子

Nemoto Ayako

#「こうやって、人とごちゃごちゃつながっているのがいいんだね」

こころの病いやす街の力

街で生きる。

店から依頼の荷物を受け取ると、車へ。二人で一組。すっかりなじみになったアーケード街の中をぐるっと巡り歩く。

「雪の中、ご苦労さま」。店員のねぎらいに、自然に笑みがこぼれた。「働いていると気持ちがいいから」。前向きの言葉を返し、やりとりが続く。

「前は家の外へ出るのも嫌だった」。一人が言う。「いまは街の人が声を掛けてくれるからなあ」。もう一人が身の回りの小さな変化を喜んだ。

二人は精神の病を抱えて生きる。ありふれた日常にとけ込むことは、障害を持つ彼らにとって難しいことだった。

それがいま、楽しみな日課として身近にある。宅配業者から任された集配の仕事。商店街の真ん中に開かれた「オープンスペース」から道は開けた。

「まずは街に出ること。街で動くこと。それはみんなにとって大切な一歩ですから」

仕事を終えて戻った二人を迎えながら、世話役の女性が信じるところを、こう言葉にした。根本あや子さん、五二歳。

「人はだれでも街とかかわって生きていく。障害がある人もない人も。ここでつながりが見つかればうれしい」。歩みを始めた仲間たちの姿を確かめ、声が一段と明るくなった。

＊

青森市の新町通り。ＪＲ青森駅に近い繁華街の真ん中に、市民グループ「ＳＡＮＮｅｔ（サンネット）」が開く「オープンスペース」はある。

サンネットは、福祉事務所のケースワーカーだった根本あや子さんが夫の俊雄さん（四九歳）と旗揚げした。「精神障害者の社会参加の支援を市民の手で実践していこう」と呼び掛け、一九九九年夏に活動を始めた。

旗揚げと同時に新町通りにある衣料品店二階の空き店舗を借りた。元喫茶店。ソファやテーブルが並ぶだけの殺風景な部屋だが、そこには街のにぎわいに接した自由な空気がある。

「家主さんの理解があって実現しました」とグループ代表を務めるあや子さん。「福祉は郊外という常識を変え、人が行き交う街の中で活動したい。それが願いでした」

閉じない場をめざすから「オープンスペース」と呼ぶ。精神の病で通院する人たち四〇人ほどが会員として会費を払い、利用する。スタッフや会員以外の不定期の来訪者も含めると、利用者は一〇〇人近くになる。

「特別なことはできませんし、していません」。あや子さんとともに利用者の世話をする俊雄さんは言う。「人とゆったり話す場と時間があるだけ。ここから次の一歩を探していこうと語り合っています」

＊

青森では一三年ぶりという大雪に見舞われた二〇〇一年二月中旬。

一メートルを超す積雪で交通が混乱していた日に、オープンスペースを訪ねた。吹雪模様の中、朝九時半から夕方までひっきりなしに人が出入りした。

「買い物のついでに寄りました」。子供のことで相談に訪れたという五〇代の親が言う。話し相手になったのは二〇代、統合失調症で通院する会員の若者だった。

障害を持つ人がだれで、ボランティアはだれか。入り乱れて集う場では、そんな区別がだんだん無意味になっていく。

仕事を終えた二人が戻った時、座は華やいだ。商店街が始めた買い物品の宅配サービスを、サンネットが業者を通じて請け負う。会員たちが交代で街に出て働いている。

「街に来ると、なんだか力がわいてくる」「自分を確認できるのがいいんだ」と二人。

「障害のある人も普通に通える街っていいよね」。迎えたあや子さんの目がまた輝いた。結んでいるのは人と人、人と街。ともに明日へ歩むために。

対等に向き合い語り合う

ざわめきがある。

こちらでひざを交えて向かい合う二人組。あちらでは笑い声を上げる三人組。のんびりと制約のない語り合いの時間が過ぎていく。

青森市の中心商店街、新町通りにある市民グループ「ＳＡＮＮｅｔ」の「オープンスペース」。精神の病を抱える人に開かれた集いの場には、人が行き交う街の空気がそっくり持ち込まれる。

「このざわめきが私は好きなんです」。サンネット代表の根本あや子さんは言う。「一人ひとりが人間として対等に向き合い、話し合う雰囲気がここにあるってことですから」

＊

あや子さんはスペースを一緒に開いた夫の俊雄さんとともにざわめきにとけ込む。週二度のミーティングや昼食会といった決まりの行事では仕切り役になるが、そこでも指示や命令の言葉を出すことはない。

「助けるのではなく、ともに歩むこと。精神障害を持つ人に必要なのはそんな姿勢だと信じているので」とあや子さん。

社会で悩んだり、つまずいたりした人たちにとって何が力になるのか。サンネットのオープンスペースは、自問の末に出した一つの答えだった。

あや子さんは青森市、俊雄さんは岩手県大東町の生まれ。ともに東京の大学を出て横浜市の職員になり、配属された福祉事務所で知り合った。

二人ともケースワーカーとして生活保護家庭の相談業務を担当した。福祉の現場にはやりがいも感じていたが、違和感がだんだん膨らんでいく。

「相談者に、助けるという立場でしか接することができない自分がいた。困っている人の本当の力になれない福祉行政の仕組みになじめなくなって」。一九九〇年、一八年勤めた福祉事務所を退職した。その四年後、俊雄さんも職場を去った。

退職後二人は薬物依存症患者の自助組織に参加したり、精神保健施設の非常勤職員を経験したりして精神障害者の支援に関心を持つ。そこでも障害を持つ人に対する視線について考えた。

「特別な存在として助けてあげるのではない。同じ人間として語り合うこと。それが本当の力になると知りました」

自分たちが退職後、精神不安定になった時期に、気軽に声を掛けてくれた近所の人の存在に救われるという経験もした。

普通の街の日常、コミュニティーの中にある「力」にかけてみたい――。あや子さんは九七年、俊雄さんとともに故郷の青森市へ。二年間の準備を経て九九年にサンネットは船出した。

＊

いつものように雑談でざわめくオープンスペース。「ところで、なんであや子さんと俊雄さんはこんな金にもならないことしているの」。一人の利用者が冗談半分に二人に尋ねた。

「そうねえ、ここは私たちにとっても必要な場所だからかなあ」。照れ笑いを浮かべながら、二人は顔を見合った。

中心商店街の真ん中にあるスペースの家賃は月五万円。利用者の会費だけでは家賃も支払えない。二人の退職金で穴埋めしながらの運営が続く。

収入は、俊雄さんが市内の精神障害者のグループホームで世話人として働く報酬のみ。暮らしが楽ではないことは利用者たちもよく知っている。

「まあ、生活は貧しくはなったよ。でもね」。俊雄さんは仲間たちに語り掛けた。「こうやって、人とごちゃごちゃつながっているのがいいんだね」

障害を抱える人のためだけではない。自分自身がコミュニティーの中に生きられる実感を手にした。スペースはこころのよりどころになっている。

あや子さんも言う。「人とつながると、自分が必要とされているのが分かる。利用者も私たちも、ここで自分を取り戻そうとしているんですよ」

自分を隠さずに社会の中に

閉じた暮らしだった。

統合失調症。一〇年以上前に診断を受けてから、病気はずっと隠して生きてきた。入退院を六度繰り返した。自殺未遂を図ったこともある。自宅と病院以外には日常かかわれる場所がない。アルバイトに出ても長続きはしなかった。

社会との交わりが少ない単調な毎日。それが「オープンスペース」を得て一変した。

「不思議ですね。ここに来るようになってからですよ、眠れるようになったのは。病気のことだって、隠さずに人に話せるようになりましたから」

狭間英行さん、三四歳。青森市の市民グループ「ＳＡＮＮｅｔ」が開く「オープンスペース」に通い始めて二年以上になる。

中心商店街の新町通りにあるスペースに毎日のように顔を出す。いまでは利用者のまとめ役のような存在になった。

「名前も顔もしっかり出して僕のことを新聞に載せてくださいよ」と明るく狭間さん。

「僕らは大勢の人と接して生きていきたい。それが力になるんです。自信を持って街で生きていきたいんだなあ」

社会に向かって自分を示していこうとする自信。語り合いの場に通うことでそれは深まっている。

＊

「同じ病気を抱える人、そうでない人。みんな入り交じって語り合う。ただそれだけのことがこれまでは難しかったんですよね」。サンネット代表の根本あや子さんは言う。

サンネットの「ＳＡＮ」は「ＳＰＥＡＫ　ＯＵＴ」（遠慮せずに話す）、「ＡＤＶＯＣＡＣＹ」（人権の擁護）、「ＮＯＲＭＡＬＩＺＡＴＩＯＮ」（ともに歩む仕組みづくり）の頭文字を組み合わせた言葉だ。

「社会参加は街の中に一歩を踏みだし、自分を主張することから始まる」。あや子さんは一緒にスペースを運営する夫の俊雄さんと語り合う。

社会的偏見を心配し、家族も関係機関も精神の病を抱える人を囲い込もうとする。こもった暮らしは人との接触を少なくさせ、病はより深くなる。そこから偏見はまた強まって――。

悪循環を断つカギは街とつながりを持つこと、人とつながりを持つこと。サンネットの試みはそんな思いで始まった。

狭間さんに限らず、スペースに通う利用者たちは自分を隠さない努力を始めている。外部の行事にも積極的に参加し、自分の病気体験を語って帰る。取材の写真撮影でも、みんながカメラにポーズを取った。

「偏見をなくすためにも僕は街に出ていく」。狭間さんは自宅を出てアパート暮らしを始めた。自立と社会参加のための一歩。商店街の真ん中にできたみんなの「居場所」から、視野は広がった。

「精神障害者のことを考えることは、そのまま街のことを考えることになる」。狭間さんたちと接する中で、俊雄さんはそんな思いを強くしている。

「異常でも何でもない。みんないまの社会の矛盾や生きにくさに敏感な人たち。だから、異質な者として排除するのではなく、そのまま受け入れて一緒に世の中のことを考えていかなければならないはずなんです」

オープンスペースを訪れた人は、開所から一年半で延べ五〇〇〇人以上。利用者が商店街で買い物をして、もらい集めたスタンプは一万枚を超えた。消費者として二〇〇万円分の社会参加を果たした計算になる。買い物商品の宅配サービスを請け負ったことと併せ、一つの共存共栄の関係が街には生まれつつある。

街が人の力になり、人は街の力になる——。

「実験に近い試みかもしれないけど、みんながつながって生きられるコミュニティーがつくれればなあ」。根本さん夫妻は仲間とともに、街で歩む。

＊

誇り

椎名千恵子

Shiina Chieko

「地域という栄養を吸って人は育っていくんだよね」

◎

学びの場で遊び心一つに

「授業」が始まった。

チャイムは鳴らない。点呼もない。「教室」は農業構造改善センターにある二十畳の座敷。生徒が座布団の上で先生の話にじっと耳を傾ける。

「……経済優先の生活で何を失ってきたか。日本人には少なからず反省や後悔の念がある。里山の森を再生する意味もそこから考えていきましょう」

時代から説き起こす講師の言葉に、四〇人の生徒たちが大きくうなずいた。多くは七〇歳近いお年寄り。近くの里山の森づくりを志して集まった。

「この町でどうやって楽しく生きていこうかなって。みんなで一緒に考えている。これは立派な学びの場ですよね」。授業の輪に幸せそうな表情で加わっていた女性がつぶやく。

椎名千恵子さん、五四歳。授業の世話をし、基になる「学校」をつくった一人。

「校舎のない学校」――。

手づくりの学びの場に付けた名前を口にして、続けた。

「一緒に話を聞いて、体験して。地域で何かを始めるためにみんなで集まろうって。そんな仕組みを、私たちは学校と呼んで楽しんでいるんです」

＊

宮城県と境を接する福島県梁川町。阿武隈川沿いに広がる人口二万二〇〇〇人の小さな町に「校舎のない学校」はある。

一九九七年四月、椎名さんら町民有志の声掛けで「学校」はできた。名前の通り、校舎はない。決まった先生もいなければ、決まった生徒もいない。

支えているのは「みんなで一緒に学びませんか」という呼び掛けと、授業の世話をする自称「用務員」の人たち。

「学校」代表の椎名さんも給食施設でパートとして働きながら、役場職員、薬局店主ら五人の仲間とともに「用務員」の一人として運営に走り回る。

「こんなことをしてみたいって、だれかが発案したら、私たちが授業を準備する。会場を手配して、先生を呼んで、生徒を募集して」と椎名さん。「だから、学校はいつでもどこにでも、ぽっと生まれるんです」

和紙作りがしてみたい。そんな声で「地域文化学部紙すき学科」ができた。酒造会社と連携して日本酒造りに挑戦する「農学部醸造学科」もある。

「考古学部」「芸術文化学部」……。遊び心いっぱいに、学びの場は広がってきた。

開校から四年。授業は二〇〇回を数える。延べ一万人近くが生徒になった。学費はない。必要に応じて五〇〇円程度を払って参加する。商店主、農家、主婦、公務員……。職場の枠や地区の違い、世代の差を超え、地域の人たちが「校舎のない学校」で大きくつながってきた。

＊

農業構造改善センターで森づくりについて専門家の話を聞いたのは「小さな自然の博物館学部」の授業だった。

町郊外の東大枝地区。「伐採したままにしている里山が地区にある。そこにみんなで木を植えてみてはどうか」。以前「学校」の行事で別の地区の植林作業に参加した六七歳の男性が提案し、勉強は始まった。

座学に続いて荒れ放題だった四〇ヘクタールの伐採地で、地区のお年寄りたちが中心になって植林が始まる。「学校」がほかの授業でドングリから育て続ける広葉樹の苗木を植えていく。

「森の再生には二〇〇年はかかる」。そんな話を聞いて、お年寄りたちは言った。

「金のためではない。いい山を残すのが最後の役目だな」

「孫やひ孫のために宝の山をつくってやらないとなあ」

やりとりを聞いて、椎名さんがまた幸せそうにつぶやく。

「こんな小さな町でも、みんなのまなざしが一つになると力になる。誇りを持って生き生きと暮らしていける。学校ってそれを探す場なんですよね」

結んだものを確かめ「用務員」さんのひとみが光った。

自分生かす集いを楽しく

「用務員」たちがそろって商店街に繰り出した。

町民有志が開いた学びの集まり「校舎のない学校」が活動する福島県梁川町。

「学校」代表で世話役の「用務員」の一人でもある椎名千恵子さんは、仲間たちと「お金」の普及に取り組んだ。

〈どんぐり銀行券〉。お札と同じ大きさの紙に森の写真とドングリの絵が印刷してある。

「このお金でね、経済的な価値だけではない、大切なものを街の中に広めるんですよ」

椎名さんのそばで、「どんぐり銀行総裁」のたすきを掛けたひげ面の男性が言った。

清水勝男さん。町内で水道設備会社を営む六三歳の「用務員」。孫がいる年齢で、おもちゃのような「お金」を手に協力を呼び掛けて歩く。「子供の遊びみたいなもんだけどね、これは人のこころを豊かにするから」。言葉には力が入った。

「どんぐり銀行には、校舎のない学校がめざすものがいっぱいに詰まっています」と椎名さんが説明を引き継ぐ。

「一言で言えば、みんなで一つにつながろうって。そんな仕掛けかなあ」。代表の言葉に追う「夢」を確かめ、仲間たちは商店街に足を進めた。

＊

「どんぐり銀行」は「校舎のない学校」の「地域経済学部」と位置付けられている。「学校」の全体行事「二〇〇〇年後、森になれ！」を後押しするため一九九九年に設立された。

里山の植林を進めようという行事で「学校」は町民から参加者を募る。そこで植樹や下草刈り作業をすると参加者は「ドン」と呼ぶ地域通貨をもらう。

一回五〇〇ドン。通貨はそのまま円換算で、町内の交通機関や商店街で使える仕組みだ。

使われた紙幣は「学校」が同額で引き取るので、商店に負担は掛からない。「学校」は拾ったドングリから育てた広葉樹の苗木を、町緑化推進委員会に納入することによって通貨発行の財源を賄っている。

二年間で二〇万円分のドンが発行された。そのうち八割が町内で使われた。いまのところ使用実績は交通機関がほとんど。まだ街全体を巻き込んだ動きにはなっていない。

「ＰＲが足りないから、使用を断られてしまうこともある」「店で使うのはちょっと恥ずかしいかな」。「用務員」たちも課題を多くあげている。

「それでも」と椎名さんの表情は明るい。「こんな仕掛けがこんな小さな町で実際に動いているってことだけでも、すごいことですよ」。ドンの意義は広く考えることにしている。

「森と人と街、梁川町がドンの仕掛けで結ばれている。ささいなことなんだけど、つながる仕組みって大切。介護や福祉にしたって、こんなところから一歩は始まるんだと思う」

＊

「学校」そのものもそうだが、「どんぐり銀行」もだれかの「やってみっか」の一言が始まりだったという。

ドンのＰＲのため商店街を歩きながら、「用務員」たちの語り合いは続いた。

「後先を考えないんだ。だれかが言い出したら、みんなでフォローする。上からの押しつけはない。縛りもない。自由に自分を生かせるから楽しい」。開校以来の「用務員」、薬局店主の貝津好孝さん（四六歳）が言う。

「予算も何もないんだよ。ただ同じこころを持って集まっているんだ。それで動いてしまうんだから、すごいよなあ」と「銀行総裁」の清水さん。

すべては「こんなことしてみたい」で踏み出した一歩。「校舎のない学校」という緩やかな仕掛けがそれを可能にした。

椎名さんが言う。「特別なものはいらない。ささいなことでも、うなずき合う人がいれば楽しく生きられる。小さな町で生きる力をみんなは学校で手にしているんだよね、たぶん」

古里の仲間と歩める幸せ

大粒の涙がほおを伝う。

「仲間と学校をやっていなかったら、こんなに楽しい気持ちで町を歩けたかなあって」

福島県梁川町の中心部を流れる広瀬川。清流に架かる橋を歩き、椎名千恵子さんは涙を見せた。仲間と一緒に「校舎のない学校」を始めてから、「学校」代表兼「用務員」の一人として、さまざまな「授業」を開いてきた。

自分の願いも形にできた。「木を植えてみたい」。開校直後、そんなつぶやきに仲間がこたえてくれた。「いい場所がある」。わずかひと月半後に、森づくりイベント「二〇〇〇年後　森になれ！」は滑り出した。

「何かをやろうとしたときに背中を押してくれる人が必ず周りにいる。一人じゃないっていいですよ」。人のつながりの力に実感を込め、あらためて「学校」の出発点を思い返す。

「この町に生きる誇りのようなものを求めて、私はずっともがき続けてきた。失敗や挫折の末に、校舎のない学校でようやくそれを手にできました」

＊

広瀬川のほとりにあった、あこがれの「場」から、もがきは始まる。「広瀬座」。明治半ばに建てられた芝居小屋だ。

それは全国有数の養蚕、蚕糸産業の拠点として栄えた梁川の象徴だった。椎名さんも祖母と一緒に芝居や歌謡ショーを見た。

「思い出すといまも胸が高鳴りますよ。にぎやかで、華やかで、文化の薫りがした」

一九六〇、七〇年代と養蚕の時代も芝居の時代も去り、町からにぎわいは消えた。八〇年代、大学を出て東京から町に戻り、学校事務員などをしていた椎名さんは町民劇団を旗揚げして広瀬座の活用に動いたが——。

八六年に水害で小屋の一部が埋まり、存続の危機へ。保存運動も実らず、九〇年に広瀬座は福島市の公園に移転された。

「広瀬座に代わる場が欲しい」。九二年、離婚など身の上の変化もあって椎名さんは町内に小さな居酒屋を開く。翌九三年には、店の隣に一〇〇人収容のギャラリーホールも建てた。親から継いだ資産を使い、借金を背負って進んだ決断だった。

にぎわいはそこそこ再現できたものの、素人の経営は行き詰まった。店もホールも閉鎖に追い込まれた。

「必要なのは建物や場所ではない。ずっと以前からそれは気付いていた」。椎名さんは振り返る。

「私が求めていたものは、みんながこころを一つにできるものだったんですよね」

挑戦の中で手にした確かな思いは、次の出発点になった。店の常連客とのつながりから「校舎のない学校」は動き出す。

拠点にこだわらず、地域の人たちと自由に手を結ぼうという呼び掛け。「広瀬座を卒業して道は開けたと思う」。椎名さんにいま迷いはない。

*

「人は一人では育つことができない。大人だってそう。地域という栄養を吸って人は育っていくんだよね」。椎名さんは仲間とよくそんな話をする。

生まれ育った土地や人と一緒に歩める幸せ。「学校」の活動で感じているのは、そんなぼんやりとした幸福感だ。

店を閉鎖した後、借金を抱える事情もあって隣町の宮城県丸森町の山里に移り住んだ。

「自然環境に適応して生きたい」という願いで空き家だった農家と田畑を借り、農作業をして暮らす。その傍ら給食施設のパートとして働き、梁川町の「学校」にかかわり続ける。

起伏の多い人生。それも、地域で自分はどう生きるのかを考え続けた結果だった。

「こんな小さな町だけど、私は誇りを持って生きていく。仲間と一緒につながって。町の人みんなに同じ気持ちを持ってもらえるように、学校で呼び掛けていきたいんですよ」

涙の後、川風に吹かれてさわやかな笑顔が広がった。

理解

禹昌守

U Chansu

「背を向け合うことからは何も生まれない。すべては分かり合う努力からですよね」

◎

日韓の溝埋めるハングル

講義は熱を帯びた。

「互いの関係は一衣帯水の隔たりに過ぎませんよ」。隣り合う国と国の「近さ」を語るとき、身振りが大きくなった。

日本と韓国――。二つの国を背負う自分の身に思いを込め、熱い言葉が繰り返される。

「ずっと昔、日本と朝鮮半島は陸続きでしたね」

「海を渡った人や文化が日本にたくさん生きています」

日韓の歩みをたどる話に、聞き入る人の顔が和んでいく。

「いまは日本から韓国へ年間二〇〇万人以上が旅行する時代です。この宮城県からも年間三万人近くが渡るんですよ」

ホワイトボードにペンを走らせると、「先生」は「その先のもう一歩」を問い掛けた。

「旅した人たちの中で本当にこころの交流をした人はどれほどいるでしょうか。分かり合うこと。もっと必要ですね」

禹昌守（ウ・チャンスー）さん、五三歳。

在日韓国人二世。たった一人から始めた「私塾」に日韓交流の願いを込めて生きる。「この場から一人でも多く民間の日韓親善大使が育ってほしい」。禹さんは夢を語って、教室の一人ひとりと笑顔を交わした。

＊

「仙台ハングル講座」。禹さんは主宰する「私塾」をそう呼んでいる。仙台市宮城野区で建築設計事務所を開く傍ら、一九九八年に講座を始めた。

講座では朝鮮半島の文字「ハングル」で総称される韓国・朝鮮語を教えている。仙台市内で四教室、古川市と宮城県大和町で一教室ずつ。曜日を変えて週に一度ずつ顔を出す。

「手広い語学教室と思われがちだけど、ほとんど手弁当の出前講座なんですよ」と禹さん。生徒は一教室六人ほど。新聞の案内欄や張り出しチラシで知った主婦や会社員らが集まる。

会場はいつも市民センターなどの一室を借りる。テキストは自分で仕上げた。教材のカセットテープは知り合いの韓国人留学生に吹き込んでもらった。

教材費も会場費も、自身の交通費も込みで二時間の授業料が一人一〇〇〇円。「手元にはあまり残りません」。本業の一級建築士の仕事もそこそこに、講座に打ち込んでいる。

授業の内容も型どおりではない。初級講座が終われば、教室は希望者対象の韓国現代文学の翻訳の場に変わる。教室の仲間と一緒に、日本語対訳付きの本の刊行も果たした。

ふだんの教室でも、しょっちゅう言葉の授業から脱線し、文化や風習の話へ。日韓の歴史を一生懸命に説いた講義は、古川市の生徒たちを対象に開いた特別講座だった。

＊

「教えるというより、分かり合いたいという気持ち。言葉だけのために講座を開いているのではありませんから」。禹さんはそう言って続ける。

「翻訳は生の文化の理解に役立つ。授業の脱線も、もっと韓国のことを身近に感じてほしいから。講座は一緒につながりを探る場だと思って続けています」

仙台市青葉区の市民活動サポートセンター。ハングル講座が開かれる一室に、禹さんの歌声が響いた。

〽三日月が寂しく映えると／出てきた故郷が懐かしいね／……故郷の空／親しんだ地／別れたあなた／恋しいよ（日本語訳）

韓国の歌謡曲「遠い故郷の空」。ゆったりした旋律に乗るハングルの語感が美しい。

「いい歌でしょ」。歌い終わった禹さんが言うと、一緒に口ずさんでいた生徒たちから拍手がわいた。かみしめれば、それは二つの国を背負う禹さんの思いが込められた歌。教室の空気がすうーっと澄んでいく。

「国の理解は一人ひとりのこころが通い合うところから始まる。そう信じています」。願いが教室で伝えられている。

自分を確かめ社会に開く

悲しい事故だった。

二〇〇一年一月末、JR山手線で起きた列車事故。ホームから転落した男性を救おうと、線路に飛び降りた韓国人留学生と日本人カメラマンが命を落とした。

「痛ましいことですね」。いつもは快活な笑顔で講義を始める禹昌守さんの顔が曇る。

仙台市青葉区の市民活動サポートセンター。一室を借りて開く「仙台ハングル講座」の教室で、禹さんは事故の話を取り上げた。

「彼らの死は決して無駄にはならない。皆さんはどう思いましたか」。ハングルを学びに通う会社員らに、授業時間を使ってあえて問い掛けた。

「あの留学生の行為で、韓国人のイメージが少し変わるかもしれないと思ったから」と禹さん。講義の後で見せた表情には、胸の奥にしこりを抱えて生きる人の思いがにじんだ。

「日本人と韓国人の間にはまだ溝がある。人と文化が行き交う隣の国なのに。同じアジアの人間同士だから、もっと分かり合えるはずですよ」。在日韓国人二世として主宰するハングル講座。込めた願いはこころの奥からわき上がる。

＊

半生はつらい記憶が多い。両親は植民地時代に韓国から日本に渡った。戦後間もなく仙台で生まれた禹さんは、家庭の事情で人手に預けられ、中学まで宮城県北で暮らした。

「子供のころからいじめに遭って。やーい朝鮮人、なんて言われました」。中学時代、学校で物がなくなった騒ぎでは「おまえがやった」と疑いが掛けられたこともある。「韓国人の名前が引け目になった。自分で進んで杉井という日本名を名乗ることが多くなりました」

普通の就職は難しいと感じ、資格の仕事をめざし大学は工学部へ。建築科を出て、一級建築士の資格を取った。三二歳で独立。仙台市内に「杉井建築設計事務所」を開いて道は定まったが――。

「私が在日韓国人と分かると仕事が打ち切られることもあった……」。苦労は続いた。

杉井として生きるか、禹として生きるか。杉井を名乗って仕事はしのげても、それで自分を納得させられるものでもない。自分は何者か――。悩んだ末に出した答えの一つが、韓国を自ら解いていくことだった。

四〇歳を過ぎて仲間とハングルを学び直した。独学で歴史をもう一度たどった。韓国に何度も渡り、母国を強く意識するようになる。韓国文学の翻訳にも挑み、自分の中で韓国理解を広げていった。そして目は自分の回りへ。「理解のための輪を少しずつ広げれば、何かが変わるかも」。それが一九九八年に始めたハングル講座の出発点だった。

*

「講座を始めて本当によかったなあって。教室に足を運ぶたびに思うんです」。禹さんは教室での歩みを振り返る。

禹昌守を名乗り、ハングルを教え、韓国を語る。それは気付かぬうちに、自分の存在を確かめながら、社会に自分を開いていく作業になっていた。

こころが開かれた場には人が集う。手弁当、手づくりで始めた講座も、生徒は延べ二五〇人に膨らんだ。「教えるというよりも、一緒に韓国を理解していきましょうよ」。そんなメッセージが輪を広げてきた。

禹さんは最近、久しぶりに中学時代の同級生に会った。同級生は思い詰めた様子で「おれ、おまえをいじめなかったよな」と語り掛けてきたという。

「彼はずっと気にしていたんでしょうね」と禹さん。「背を向け合うことからは何も生まれない。過去を引きずっていても何も始まらない。すべては分かり合う努力からですよね」

しこりを超えた一歩から光は差し込んでいる。

きずな育て気持ち一つに

「実はね、私の講座に韓国事務局ができたんですよ」

はぐくんできた縁を語り、禹昌守さんの顔はほころんだ。

「理解を広めたい」と一九九八年に開いた「仙台ハングル講座」。禹さんはハングルを教えながら教室で知り合った仲間と韓国現代文学の翻訳に挑む。希望の芽はそこで膨らんだ。

河村三郎さん。ソウルの大学に語学留学している二五歳の青年。東北大大学院で東洋史を学んでいた一九九九年、友人の誘いで禹さんの教室に顔を出したことで韓国は身近になった。

「ハングルは個人的に少し勉強していた程度でした」と河村さん。「禹さんの翻訳教室で初めて韓国の息遣いのようなものにふれられた。興味がどんどん深まったんです」

翌年、大学院修士課程修了と同時にソウルへ。いまは翻訳家をめざして勉強を続ける。禹さんとは留学後も電子メールで連絡を取り合い、ハングル講座の「韓国事務局」として翻訳活動の輪に加わっている。

「留学を終えたら、仙台に戻り、禹さんと一緒に韓国文化を伝えたい」。国際電話の取材にこたえた河村さんの言葉を伝えると、「心強いですね」とうれしそうに禹さんは言った。「日韓の懸け橋が増えるのはいいこと」。きずなの誕生を喜ぶ。

＊

「韓国には何度も行ったけど、何かが足りなかったね」「これまでは形だけの交流で済ませていたのかもしれない」

二〇〇一年二月上旬、宮城県大和町。ハングル講座の教室に集まった「大和エコーライオンズクラブ」の会員たちが講義の後、禹さんを囲んで語り合った。

大和エコーライオンズは、韓国のクラブと二〇年以上の交流実績を持つ。韓国理解には自負があったが、昨年末から禹さんの講義を受け、雰囲気は変わった。「考えてみれば、向こうの言葉を学ぶ気持ちもないまま、交流しようとしていたわけですよ」と会員たち。言葉とともに文化の理解を説く禹さんの講義で、原点が見えてきた。

相手のことを分かろうという気持ちが芽生えると、視野は広がる。「町の広報パンフレットにハングルの案内がないのはおかしいな」「町に住む韓国人のことも考えないとなあ」。語り合いではそんな声も出た。

「五年でも一〇年でもいい。ハングルを学び続けてください。こころの交流。どんな経済交流よりもそれは大きな力になりますから」。禹さんの言葉に会員たちは大きくうなずいた。

＊

「もうすぐ大きなイベントが仙台でも開かれますね。二〇〇二年、待ち遠しいですね」。最近、禹さんはあちこちでそんなあいさつを交わしている。

日韓共催で開かれるサッカーの二〇〇二年ワールドカップ（W杯）。「W杯は互いの気持ちが一つになれる絶好のチャンスでしょ」。禹さんは言う。

熱い気持ちを込めて、仙台ハングル講座の正式名称には、「二〇〇二」を付けてある。

「市民レベルでW杯交流に少しでも役立ちたい。講座はそんな願いもあって続けているんです。教室の人たちが仙台を訪れる韓国人と自然に接することができたら、いいですね」

二〇〇〇年秋にはW杯交流を意識して、宮城県内のサッカー少年を連れて韓国で交流試合をする企画を手伝い、現地で準備に走り回った。

「すべてはジャコールのためですから」。ジャパンとコリアでジャコール。交流の夢を広めるために考えたという造語を使い、禹さんは自分の明日を語った。「禹という文字は風に由来するんです。私は二つの国の間を結ぶ風として、これからも歩いていきますよ」

在日韓国人二世。背負うものを力に変えて地域で生きる。

風の肖像　Ⅶ

地域へ

〈地域へ〉――――――――――――――――

「つながり」への熱い思いを胸に、人は生きる。ステージの上から国境の向こう側を伝え続ける医師の願いは「世界とともに」。ごみ拾いの活動から住民参加の仕掛けを模索する若者の歩みは「街とともに」。さいはての地から日常の楽しみを発信するUターン女性の決意は「古里とともに」――。志は《地域へ》。一歩の力を信じて踏み出した人たちのステップに風を見る。

世界とともに

桑山紀彦

Kuwayama Norihiko

「人と接して自分を知る。助けているようで、助けられている」

◎

生の希望　呼び起こす歌声

歌声が風を呼ぶ。

〽乾いた大地にやがて／その種は花をつけて／名もない花として……

スクリーンには「世界」を伝える映像が次々と流れた。

貧困覆うアジアの島。難民あふれるアフリカの大地。民族紛争が続くヨーロッパの街――。

ごみの山に群れて暮らす人々がいる。砲弾の雨を浴びた家がある。戦死者の墓地になったサッカー場がある。息をのむ会場の人たち。ともに現実を見据えた後、ステージの歌い手はその先にある希望を呼び起こす。

〽あきらめないで／あなたの祈りは／世界の果てにも花を咲かせる

空気が和んだのは、子供たちの笑顔が映し出された時だ。空き缶のプルタブを耳飾りにしてほほえむ女の子がいる。風船を手にはしゃぐ兄弟もいる。

「笑顔ですよね。紛争や貧困に苦しんでいるはずなのに、どうしてこんなにきれいな笑顔を見せられるんだろうって。僕はいつも驚かされるんです」

ギターを弾く手を止め、ステージから男性が語り掛けた。桑山紀彦さん、三八歳。上山市の病院に勤める精神科医。歌と映像で国境の向こうに生きる「人間」の姿を届ける。

「何でもいい。ここで何かを感じ、考えるきっかけを手にしてくれれば」。思いを添えて歌声は二時間続いた。

＊

〈地球のステージ〉。地域に世界を伝える手づくりの舞台を桑山さんはそう呼んでいる。

一九九六年、仲間うちで歌を披露したのが始まりだった。口コミで評判は広まり、最近は東北を中心に全国から公演依頼が舞い込む。公民館や学校など一〇〇人前後の小さな集まりが多い。二〇〇〇年はほぼ三日に一日の割合で回った。公演は五年間で二七〇回を超えている。

ステージには病院の仕事の合間を縫い、ボランティアで取り組む。市民グループ「国際ボランティアセンター山形（ＩＶＹ）」の代表も務め、ＩＶＹの仲間が活動を支える。公演で得られた利益はＩＶＹの難民支援活動に充てる仕組みだ。

国際支援につながるイベントといっても、ステージに声高な主張や呼び掛けはない。

桑山さんが旅人として、あるいは難民医療ボランティアとして世界を歩き、撮りためた映像をスクリーンに流す。映像に重ねて、出会った人たちへの思いから生まれた歌を歌う。

願うのは支援を超え、人の生き方を思うこころの動き。

「講演ではなく公演です。頭ではなくこころに届けたいから」と桑山さんは言う。

「僕がそうだったように、世界にふれると自分を見つめられる。紛争や貧困の地で見るあの笑顔。いまの日本で生きる私たちはどうか。そこから一歩は始まるんだと思うんですよ」

＊

二〇〇一年三月上旬、仙台市泉区の南光台市民センター。桑山さんのステージが終わった後、会場の人たちが感想を語り合った。

「子供たちの笑顔が頭から離れません。気持ちが澄んでいくようで」と二〇代の男性が言った。「感動しました。平和に暮らす自分のことを考えてみたい」。四〇代の女性は言った。

「ありがとうございます、うれしいです」と頭を下げた桑山さん。通い合ったものを確かめ、笑みがこぼれた。

神奈川県、静岡県などを回って一〇日後、桑山さんは岩沼市にいた。「地球のステージ」は岩沼小学校の卒業記念イベントに招かれた。一五〇人の卒業生に、桑山さんは世界の貧困と紛争の現実とともに、懸命に生きる人たちの笑顔を届けた。

「これからは自分の目で外の世界のことも見つめ、この街のこと、日本のこと、世界全体のことを考えてください」

門出の子供たちに送ったのはそんなメッセージ。まなざしを伝えて歌の旅が続く。

出会い、教わった人間の力

「東ティモールで出会ったアカペト。彼は鋼鉄のような意志を持つ少年でした」

ステージで一人の少年の名を口にするとき、桑山紀彦さんの言葉は熱くなる。

自作の歌と映像で、国境の向こうに生きる人の姿を地域に伝える「地球のステージ」。

内戦の混乱が続くインドネシア東部の島国、東ティモールの紹介は、桑山さんにとってとりわけ思い入れが深い。

精神科医として上山市の病院に勤める桑山さんは、一九八九年から難民の国際医療救援活動に参加し、アジアやアフリカなどの紛争地を回っている。

東ティモールは二〇〇〇年から活動の場にしている国。アカペトとは救援の診療所で出会った。年齢は一二歳。内戦で家族を失い、家も焼かれたという。

「マラリアの高熱で、訪ねてきました。たった一人、遠くから歩いて」。見舞う人もなくベッドに横たわり、病気と闘う姿を桑山さんは見守った。

数日後。熱が収まるとすぐアカペトは泣き言一つ言わず、ベッドから起き上がった。復興をめざす自分の村まで、また一人で歩いて帰ったという。

「僕にはアカペトがとても輝いて見えた」。ステージから桑山さんは語り掛ける。

「生きようとする力。アカペトだけではない。世界を歩き、人と出会うことで僕は目覚めさせてもらいました」

＊

桑山さんは岐阜県高山市で生まれ育った。「対人恐怖症。子供のころはずっと性格のことで悩んでいた」と振り返る。

友だちから「暗い」「変わり者」と言われ続けた。学校が嫌いになった。体育の授業には特に苦しんだ。走れない、跳べない。自分に劣等感を抱いた。

精神科医を志したのは、そんな自分のこころへの疑問に向き合おうと思ったから。山形大医学部に入学。好きな音楽に打ち込んだ。愛好会に入り、ライブハウスでも歌った。それでも「おまえは暗い」。どこまでいっても悩みは消えなかった。

他人の目ばかり気にして揺れ続けたこころは、ようやく二〇歳になって光を得る。思い切って出た一カ月半のインド放浪の旅。医学生として、いささかエリート意識も抱えて臨んだ旅で、金銭や地位を超越して暮らす人びとと出会う。

見ず知らずの異邦人に、ただで宿と食事を用意してくれた貧困家族がいた。「人間っていいな」。そんな感覚が芽生え始めてくると、視野は広がった。

インドの旅をきっかけにケニア、ペルー、フィリピン……。学生時代はアルバイトと旅に明け暮れる。晴れて医師になってからも旅は続き、自然に難民医療のボランティアの世界へ。

「何てつまらないことで悩んでいたのか。世界は広い。価値観は一つじゃない。そう思ったら楽になって」。地球のステージでは、自分の目覚めをそのまま語ってみせる。

＊

米国人ダン。桑山さんは東ティモールを語るとき、難民医療ボランティアの仲間の名も必ず紹介する。アカペトを診た診療所に常駐する医師だ。

野戦病院のような施設で一日の患者は六〇〇人。夜遅くまで長い行列が続く。停電と大雨。劣悪な環境に閉口し、「なぜここを去らないのか」と尋ねた桑山さんに、ダンはこう言う。

「生まれてしまうこと、老いることと同じで、人間を愛してしまうことは、どうしようもないことだろうさ」

桑山さんもいまは「人が好き」と言えるようになった。

「世界を歩くと、ダンのような人間に会える。アカペトのように懸命に生きる子供たちにも会える。いろんな人とつながっている充実感が大きい」

生きること。地球のステージで、桑山さんは自分を確かめながら、世界で出会った人間たちの

「力」を届ける。

視野広げこころ見つめる

〈感謝の気持ちを伝えたくて筆を執りました〉

小学二年生の息子を持つ山形県内の母親からの手紙だった。

母親は息子と一緒に「地球のステージ」を見た。息子は不登校。悩む日々が続いていた。ステージで国境の向こうの笑顔にふれた後、親子は語り合う。

「世界は広い。いろんな人が一生懸命生きている」「学校のことで悩んでいるって、ちっぽけかもね」「大したことじゃないって、とても小さなことだって、ママは思ったよ」

その後、息子は泣かずに学校に向かう日が少しずつ増えたという。

〈本当の幸せって何なのか。考えることができた。ありがとうございました〉。手紙には、息子とともに自分を見つめ直した母親の気持ちが目いっぱいにつづられていた。

地球のステージを続ける桑山紀彦さんのもとには多くの感想が寄せられる。

〈生きていることが当たり前になった私たちについて考えた〉と書いた高校生がいる。〈人が好きになれた〉と書いた中学生もいる。時には〈紛争地の笑顔は美化されていないか〉と疑問の声も寄せられる。

「受け止め方は自由でいいんです」と桑山さんは言う。「世界とともに自分を考える。そこから問題意識や疑問が広がっていく。ステージは未完。僕もみんなと一緒に考えていきたいから」。出会った人たちとのキャッチボールを繰り返し、地球のステージは続いてきた。

＊

「僕は自分勝手で独り善がりな人間です」。ステージの桑山さんは多くの人に向かってあえて宣言する。「だから人のため世のためなんて気持ちは一切ありません」と言葉は続く。

上山市の病院に精神科医として勤めながら続けている難民の国際医療救援活動、そして地球のステージの公演活動。

どちらもボランティアとして取り組んではいるが、「奉仕」ではなく、「自己改革」の営みと知ってから道は開けた。

「人と接して自分を知る。助けているようで、助けられている。難民と呼ばれる人たちと出会って僕はいろんなことを教えられました」と桑山さん。

「人は一人では生きていけない。支えられて生きる。そんなことにも気付かされる。自分を見つめ、自分を変えていける機会。だから、こんな僕でもボランティアを続けてこられた」

視野を少しだけ広げてみませんか。自分をさらけ出す語り口で、桑山さんのメッセージはぐっと身近なものになっている。

＊

「あなたたちのために僕らは何がしてやれるんだ」

「何もしなくていいさ。ただ、ここでこうやって生きている人たちがいることを、いつまでも忘れないでほしいんだ」

ボスニア・ヘルツェゴビナ。旧ユーゴスラビアの内戦の混乱続く国で、市民と交わした会話を桑山さんは忘れない。

難民キャンプで医療救援活動は行えても、民族対立にほんろうされる人々の苦悩までは救えない。「僕らは何を……」は怒りと無力感から出た桑山さんの言葉だったが、市民はただ「忘れないで」とほほえんだ。

「向こうの世界とこちらの世界。つながっているという意識を持てたら、それだけで立派な国際ボランティアかもしれない」と桑山さんは思う。

国境の向こうの飢えと紛争に思いをめぐらすこと、それは日本のいまを思うこと、ひいては自分の生き方を考えること。

国境を超えてこころがつながれば、人は変わり、地域も変わる。「大切な一歩がそこから始まる」と信じている。

「草の根の人の生きざまを届け、多くの人に自分と世界のつながりを感じてもらう。それは大切な役目だと思う。だから僕は世界に行く。ステージから伝え続けます」。生きるまなざしを世界とともに。

街とともに

小地沢将之

Kochizawa Masayuki

「参加した人たちは一つの願いを持って街に集まる楽しさを知った」

小さな仕掛け、笑顔集める

思いが街に集まった。

軍手をはめた手に金ばさみと袋を持ち、若者たちがゆっくりとにぎわいの中を行く。

仙台市の真ん中、青葉区一番町のアーケード街。

「あっ、見っけ！」。歩道に転がる空き缶に向かって男性が小走りになった。街路樹の根元では女性が手慣れた様子でたばこの吸い殻を拾っている。

「案外楽しいよ、これ」「別の目線で街を歩くのって新鮮な気分」。ただのごみ拾い。だれに頼まれたわけでもない。勝手に集まり、勝手に拾う。

まるで遊びでも楽しんでいるかのように、若者たちの顔はどんどん穏やかになっていく。

「街ってこうして自分たちのほうからかかわっていくと、本当に居心地がよくなる」。先頭を歩く男性が言った。

小地沢将之さん、二五歳。「僕らは街をきれいにしたいから集まるわけじゃない。街をもっと身近に感じていたいからやっているんです」

周りの仲間もうなずいて、歩みは再び街の中へ。笑顔は途切れず、一時間半にわたってごみを拾う歩みは続いた。

*

「アーバンネット」。一〇〇万都市のごみ拾いは学生たちがつくったグループが呼び掛ける。

東北大大学院工学研究科の都市デザイン学講座に学ぶ小地沢さんが一九九九年、研究室の仲間らと旗揚げした。

だれもが気軽に参加できる街づくりネットワークを都市につくろう――。グループ名にはそんな願いを込めてある。第一歩として始めたのがごみ拾いだった。

月に一度、週末に東北一の繁華街、一番町に集まる。インターネットのホームページと会報を使って、「街に来ないか」と市民に参加を呼び掛ける。

従来型の清掃奉仕では気が重い。気恥ずかしさも伴う。だから仕掛けには工夫を施した。

参加者に「まちづくりチケット」を配っている。チケットは一回参加で三〇点。点数に応じて協賛企業や店で割引などの特典が受けられる仕組みだ。たとえば、五〇点で協賛映画館の入館料が無料になる。

商店街にとっては環境美化の利点がある。協賛によって「街づくりを市民と一緒に」の感覚が芽生える。

市民の側には特典の利点がある。さらに、傍観者として通り過ぎるだけだった街がぐっと身近な場になる。

「めざすのは人と街を結ぶことです」と小地沢さん。「街は大きくなるほど市民から離れていくでしょう。僕自身もそうだけど疎外感というか、寂しさを感じている人は多い。街にとってもそれは不幸なはず。僕らはそこをなんとかしたい」

＊

二〇〇一年三月中旬の日曜日、いつもと同じ一番町のアーケード街。

定例のごみ拾いには七人が集まった。「人数はだいたいこんなもんかな、でも顔ぶれがいつもと違いますね」。小地沢さんの声は弾んでいる。二〇代の男性二人と四〇代の男性一人がこの日初めて参加した。

「皆さん、あまり神経質にならず、街と戯れる感覚を楽しんでくださいよ」。小地沢さんのあいさつに「イェーイ」。拍手がわき起こった。

参加者は道々語り合った。「特典はないよりあったほうがいいけど、街で何かをしたっていう喜びのほうが大きいよな、これは」と四〇代の男性。「なんだろうね、こんな形で街にいるっていうだけで気分がいい」と二〇代の男性も続けた。

「本当はみんなこころのどこかで、街にかかわれる道を求めているんじゃないの」

「きっかけがなくてなかなかやれないんだよ。こういうのは力になると思うけどなあ」

「一度でもいい。ごみ拾いに集まった人は街を見る目が変わってくると思うよ」

街と人。ささやかな参加の場でつながりが語られる。

参加の手ごたえ出発点に

——一月中旬、土曜日。

六五歳、元会社員という男性が参加者の先頭に立つ。郊外の住宅地から駆け付けた。「街に役立てると聞いたので」。だれよりも多くごみを拾った。

——二月上旬、土曜日。

一四歳、中学二年の女子生徒の姿がある。往復八〇〇円の電車賃を払い、市外からやって来たという。「人と出会えるからここに来る」。声が弾んだ。

仙台市中心部、青葉区一番町で続く勝手気ままなごみ拾い。学生グループ「アーバンネット」の呼び掛けにこたえ、アーケード街に月一度集う人たちの顔ぶれは多彩だ。

フリーターが来る。会社員も主婦も来る。そしてもちろん学生も。参加人数は毎回一〇人程度だが、人は入れ替わりやって来て汗を流して帰っていく。

特典ありの報奨チケットを配る独自の仕掛けが市民の目を引くのには役立った。「でも、それだけじゃない」。アーバンネット代表の仕掛け人、小地沢将之さんは言う。

「参加した人はみんな表情が明るくなる。望んでいたものがかなったような喜び。人はどこかで街とかかわっていたいんですよ。振り返れば、僕もそうだったんですから」。原点の思いをいまかみしめている。

＊

一九九九年にアーバンネットを仲間と旗揚げした当時、小地沢さんは在籍する東北大大学院工学研究科の都市デザイン学講座で、ごみのポイ捨て防止策を研究していた。

研究目的で街歩きと実態調査を繰り返した。「市民がこの街を自分の街と思えるようになれば、何かが変わるはず」。胸の奥に抱え続けた思いは、調査の歩みで確かになった。

仙台生まれ。幼いころ一時盛岡市で暮らしていた以外、ずっと中心部に近い青葉区川内で育った。マンション暮らし。「近隣の付き合いも薄く、コミュニティーの温かさなんて感じた経験がなかった」という。

地元の高校、大学と進んでから中心街へ足を運ぶ機会は増えていった。ちょうどそれは百万都市へ仙台が「発展」を続ける過程だった。大都市への足取りに胸はそれなりに高鳴ったが――。

「どこか遠いところで街が変わっていく感じだった。都市化で人と人の付き合いは薄れていく。街もどんどん人から離れていく。ずっと満たされないものを感じていたんですよね」

自分は百万都市の街とどうかかわっていけるのか。小地沢さんの自問が、研究の枠を超えて自ら行動するアーバンネットの活動につながっていく。

＊

「以前ここにはベンチが置かれていました」。ごみ拾いの帰り道、小地沢さんは一番町のアーケード街の真ん中で立ち止まり、ぽつりと言った。

そのベンチは、周りが若者のたまり場になったことから撤去されたという。

「すごく寂しかった。街っていったい何なのかと……」

群れたり暴れたりする形でしか街とかかわれない人。人のかかわりをうまく取り込めずに変わっていく街。不満をぶつけ合うだけで、互いの隔たりはどんどん大きくなっていく。

「みんながここをいい街にしたいと願っているはず。すれ違いはどちらにとっても不幸だし、つまらないと思う」と小地沢さん。ベンチの「教訓」はアーバンネットの志に生きる。

「僕らの試みが答えになるとは思っていません。でも、僕の充実感や参加してくれた人たちの笑顔には、何か大切なものがあるような気がするんです」

雨の日も、風の日も人が集まる。報奨よりも高い交通費を掛けて来る人もいる。何より小地沢さん自身が休まずごみ拾いを続けてこられた。

街とのつながりを得て弾むこころ。小さな喜びに気付いた人たちの輪が出発点になる。

広がる仲間、都市を面白く

志は響き合う。

「前からやってみたかったんですよ、自分が街に役立つようなことを」。目覚めた若者がまた一人、輪に加わった。

石橋哲雄《あきお》さん、二七歳。学生の街づくりグループ「アーバンネット」が呼び掛ける仙台市中心部のごみ拾いに二〇〇一年三月、初めて参加した。

石橋さんはベンチャー事業に興味を持ち、高校講師を経て大学に入り直した。宮城大事業構想学部三年生。学業の傍らホームページ作成を請け負うベンチャーグループを率いる。

仙台を中心に六〇〇人の学生会員を持つホームページも運営する。イベントやレジャー情報をまとめ、大規模な出会いのパーティーも開いた。ビジネスを視野に動く活動派。そんな若者の気持ちが街ではじけた。

アーバンネット代表の東北大大学院生小地沢将之さんと語り合い、街で動き、見つめたのは自身の歩みだった。

「自分なりに人を集め、人と人を結び、いろんなことをやってきた。でも、こんなにワクワクする感覚は味わったことがなかった」と石橋さんは言う。

「これまで通り過ぎるだけだった街に自分がかかわれる。もうけでも遊びでもない。自分をもっと大きなものに生かせる充実感かも。新しい道を見つけました」。石橋さんはアーバンネットとの連携を決めた。

*

「特典の報奨あり」の仕掛けで注目されたといっても、ごみ拾いはごみ拾い。アーバンネットの活動は脱皮が必要になっている。

特典に協賛する企業や店はまだ十カ所に満たない。呼び掛けにこたえて集まる人たちの数ももっと増やしたい。ごみ拾い以外の活動にも広がるなら、人の輪はさらに大きくなる。

「もともとごみ拾いはきっかけでしたから。参加した人たちは一つの願いを持って街に集まる楽しさを知った。これからはその発見を力に変えていけるかどうかです」。小地沢さんのまなざしは先にある。

手ごたえはつかんだ。石橋さんをはじめ、出会った同世代の若者たちに、小地沢さん自身も思っていなかったほどの大きな力を感じている。

「暴れるだけじゃない。群れるだけじゃない。僕らの世代は街が好き。みんなこの街の参加者になりたいと思っている」と小地沢さん。「自発的にごみ拾いに集まる人たちの熱い気持ちを信じてほしい。きっと新しい街の力になりますよ」

小地沢さんと石橋さんの話し合いは頻繁になった。アーバンネットの行動力に石橋さんのネットワークの情報力を重ね、新しいグループを旗揚げする方向で動きは始まった。

夏の仙台七夕まつりで若者主体の大規模なごみ拾いを仕掛けよう。特典の協賛店を増やして街ぐるみをめざそう。若者アートを店内掲示してもらい、商店街を会場にしたコンテストが開けないか――。突飛なアイデアも含めて計画は膨らむ。

＊

新しいグループの名前を決めた話し合いは熱かった。

「僕らが動くのは街づくりのためだよね。けど、街づくりってそもそも何だろう」

「建物や道を造ることじゃない。もっと広く、街を舞台に人間関係を広げていくこと」

「街と人、人と人のコミュニケーションをつくる。そこで新しい人間関係を模索する」

「そう、それってコミュニティーなんだよ。やることは、この大きな街の中にコミュニティーをつくること」

「じゃあ、そのまんま『コミュニティー』でどうかな」「すごく大それた名前だけど、ぴったりだね」

ごみ拾いの一歩は、都市を変える力へ。街とともに考え、行動し、夢見る世代から風は吹き始めた。

古里とともに

島　康子

Shima Yasuko

「これからはみんなで地域にあるものに新しい価値を見いだす時代だよ」

◎

生きる土地盛り上げたい

岬に演歌が流れる。

「上野発の……」。おなじみ石川さゆりのヒット曲「津軽海峡冬景色」。海岸にずらりと並んだ集団が声を張り上げた。

用意した伴奏用のラジオカセットは寒さでダウンした。横殴りの雪に手はかじかんでいる。荒れる海峡、凍える息。厳しい天候に歌声はかえって燃えた。

「……ふゆげーしきいー」。一番を歌い切ったところで集団から拍手がわいた。「いい気分だぞお」「感激、感激」。それぞれがあらためて最果ての地にいる感慨をかみしめる。

「たまたま立ち寄ったら、一緒に歌おうって誘われてしまって……」。中には通りすがりの観光客も交じっていた。訳が分からぬまま「津軽海峡冬景色」仲間になっていたという。

「いったいこれは何なんですか」。歌い終わって出た質問に、待っていましたとばかりに眼鏡の女性が話し始める。

「町おこしのゲリラ活動集団なのよ。名前は『あおぞら組』っていうの」。島康子さん、三五歳。「あおぞら組」の「組長」と自己紹介した。

「何でこんなことをしてるのかって？　面白がるためよ。ご覧の通り何にもない最北端の町だけど、私たちはこの町で楽しく生きていきたいの！」

＊

二〇〇一年三月上旬、下北半島の突端にある青森県大間町の大間崎。

〈本物の津軽海峡冬景色を前に「津軽海峡冬景色」を歌う〉と名付けた風変わりなイベントは、海峡に突き出た本州最北端の地で行われた。

企画したのは町民有志のグループ「あおぞら組」。大間が舞台になったＮＨＫ連続テレビ小説「私の青空」の放送開始直前、二〇〇〇年二月に結成された。

家業の製材所を手伝う島さんが組長を務める。組員は自営業者、団体職員、役場職員ら二〇、三〇代の男女一四人。

三分の二はＵターン組だ。島さんも十数年間、町を離れていて一九九八年に戻った。

「放送を町おこしに生かそうって、声を掛け合い、スタートしたわけですよ」と島さん。「私をはじめ、古里に戻ってこの町とともに生きるって決めた人たちです。どうせなら自分の生まれ育った土地をもっと盛り上げていきたいってね」

まずは総力をあげて情報の発信に取り組んだ。組のホームページ「なまなま大間通信」を自前で開設。「来さまい（いらっしゃい）」と全国に大間弁で呼び掛け続ける。

イベントも数限りなく仕掛けてきた。函館―大間間のフェリーの発着に合わせ、岸壁で大漁旗を振ったり、観光客相手に大間弁講座を開いたり。放送終了後も奇抜な企画を次々打ち出し、真剣に取り組んできた。

＊

〈本物の津軽海峡――〉は、冬場の大間を盛り上げるために考えた企画の一つだった。

「歌を歌うことに意味はないの。ただ、こんなことを本気でやっている大人たちがこの最果ての土地にもいるってことを、多くの人に知ってもらいたかった」と島さんは言う。

はたから見れば、ばかげたアイデアでも、発信一つで信じられない力になる。その日、大間崎の会場には、大阪の二八歳の公務員と弘前市の二〇歳の女子大生が駆け付けた。

ホームページを縁に、ずっと連絡を取り合ってきた「大間ファン」だという。

「最果ての田舎町だから、なんて気持ちで町民がくすぶっていたら、絶対に会えない人たちだったよね」。歌い終えて海岸から引き揚げる途中、島さんの声がぽんと弾んだ。

「地域の気持ちをつなぐ。次に、面白がる地域の姿を発信し、外の人たちとつながる。あおぞら組のみんなは古里に生きる自分を確かめていきます！」

人口七〇〇〇人弱の町に、明日をめざした足音が響き始めた。

ネットの力、人の輪広げる

「どれどれ」と、「組長」はパソコンをのぞき込んだ。

青森県大間町で町おこしグループ「あおぞら組」を率いる島康子さん。組あてに届く電子メールに目を通すことから、島さんの一日は始まる。

〈新企画、なかなか面白いですね〉。兵庫県宝塚市から応援メッセージが入った。

〈実際に大間に行ってみたくなりましたよ〉。横浜市からも熱い思いが届いた。

「毎朝こうしてメールを開くのが楽しみでねえ。褒めてもらったり、励まされたり。いっぺんに私は元気になれる」

島さんたちは自作のホームページ「なまなま大間通信」を使って、本州最北端の地大間の魅力と、気を吐く町民たちの姿を発信し続けている。

ＮＨＫ連続テレビ小説「私の青空」の追い風もあり、ホームページのアクセスは一年で五万件を超えた。

放送終了後も勢いは衰えない。反響のメールが毎日一〇件ほど寄せられる。九割は町外から。島さんはすべてに返信を送り、また通信を待つ。

「多くの人とつながりを持ちたいの。ネットワークは力になるでしょ。町に目が向けられていること。それが私たちには自信になるから」。そう言うと島さんの顔はまじめになった。

「町民はみんなこの町に劣等感を抱いてきた。私もそうだった。あおぞら組はそんな意識を少しずつ変えていきたい」

＊

「陸の孤島」「辺地」。または「アワビ密漁の町」――。

島さんは大間の不名誉な呼び名をさんざん聞かされながら育ったという。

「町民も不満や批判ばかりで……」。早く町を出たいという思いが募っていく。

中学を出ると、下宿生活をしながら青森市の高校へ。大学はさらに遠く東京へ。「これっぽっちも古里のことなんて考えない暮らし」。そのまま東京の就職情報誌会社に就職した。

古里を受け入れられなかったこころは、二七歳で仙台支社勤務になってからほぐれた。

担当は南東北三県。農村も含めてこまめに地域を回る仕事をこなすうち、古里で「逃げずに生きる人」の姿に魅せられていく。地元産原料にこだわり、地域振興を本気で考えている漬物会社のUターン社長に会った。「人材を地方に」と懸命な中小企業経営者の情熱にもふれた。

「地域に根を張り、人の輪を広げて生きる人がまぶしく見えた。都会だから楽しい、田舎だからつまんないじゃない。自分から動けば、どこでも楽しく生きられるって教わりました」

父親の病気を機に一九九八年、三三歳で島さんは大間に戻った。公務員だった夫とともども勤め先を辞め、家業の製材所を継いだ。「逃げずにこの町で生きようよ」。間もなく仲間を募って歩きだす。古里を楽しむ「あおぞら組」の出発だった。

＊

「意識が変わると同じ景色が違って見えるのよね」「ずっと前から、町は何も変わっていないのに」。あおぞら組がホームページを開設してちょうど一年後の二〇〇一年三月中旬、島さんを囲んで女性二人が語り合った。

遠藤美香子さん（三五歳）と蛯子かおりさん（三六歳）。どちらも島さんの小中学校の同級生。あおぞら組の発足と前後してUターンし、いまは「組員」として走り回る。

独身の蛯子さんは、趣味の陶芸に打ち込めるマイホームを町内に建てた。最果ての古里に女一人、家を建てるまでの決意と過程をホームページに載せて全国に発信した。

「ここが私の古里で、これからもずっと生きていく場所なんだって、胸を張って言いたかったから」と蛯子さん。「たくさんの仲間ができたし、全国に大間を見ている人がいるっていい」と遠藤さんも続けた。

古里を向いた仲間たちがどんどん笑顔になっていく。島さんにもう迷いはない。

誇り胸に新鮮な日常発信

〈戦時中からずーーっとコメ屋のかーさん、やってます。こいからも、よろしく！〉

パソコン画面から、「稲荷神社近くのセツさん」が笑顔で語り掛ける。顔写真をクリックすると、七〇歳のセツさんが仕事に励む姿が現れた。

宅配便のドライバーが〈町中走り回ってるどー〉、弁当店の店長が〈新規オープンしました、よろしぐー〉、カラオケ名人の大工は〈わいの十八番は北島のサブちゃんだべな〉……。

青森県大間町の町おこしグループ「あおぞら組」が発信し続けるホームページ「なまなま大間通信」。巻頭で紹介するのは町の観光案内でも、組が企画したイベントの案内でもない。

土地に生きる普通の人たちの姿と方言のメッセージだ。

あおぞら組の組員が町内を回って取材し、二、三週に一人ずつ登場してもらう。一年間に、主役と一緒に写真に写った人も含め、一三〇人の町民がホームページに載った。

「おばあちゃんも、おにいちゃんも、子供たちもみんな元気でしょう」。組長の島康子さんは胸を張って言う。

「地域は一人ひとりの暮らしが集まってできている。町民の姿を外に紹介しながら、私たち自身がそれを確認しているわけですよ」。ホームページの情報発信はそのまま、地域再発見の足取りと重なってきた。

＊

「なまなま通信」では、「ここらあんべの大間」というコーナーも人気がある。「ここらあんべ」は「近ごろ」の意味。「水道が凍ったぞお」「病院が大混雑していたなあ」「小学校に双子三組が入学したって」。ちまたのさもない話題を方言で書きつづる。

話題を掘り起こす組員たちは多くの発見をしてきた。

「話題探しに町内を歩くうちに気付くわけ。これまで見ていなかったことが意外に多いんだよ」。三〇歳の団体職員は言った。「こんな町でも面白いヤツは結構多いんもんだ」。他の仲間もしきりにうなずいた。

「よその人たちも、小さな町のドタバタをホームページで見ながら、そうだよ、田舎ってこんな感じだよ、いいよなあって思っている」と島さん。Uターンで暮らし始めた時、自分の目に何気ない日常が新鮮に映ったことを思い出すという。

「ここは最果ての何もない町なんかじゃないのね。多くの人が土地に根を張って暮らしている。そこに自分もいるという感じがよかった」。地域を人の視点で見つめ直せたときに、島さんのまなざしは定まった。

大間町には、町が誘致を決めた原発建設計画がある。反対もあって未着工だが、交付金を当て込んだ事業は走り始めた。

工場誘致が叫ばれ、交通網整備が要望され……。「過疎」と呼ばれる多くの町村と同じように、振興策のほとんどは「外から何かを持ってくる」発想で組み立てられてきた。

「それって長い目で見て本当に地域の力になっていくのかな」と島さんたちは語り合う。「発展を追いかける時代は終わった。これからはみんなで地域にあるものに新しい価値を見いだす時代だよ」。あおぞら組は町を回って呼び掛けてきた。

＊

そして手紙が一通、組に届いた。〈はじめは「なんだべ」と思いました。だけど、とても楽しそうで……。仲間になろうって言われて、私は頭の中が真っ白になるくらい、うれしくてたまらなかった〉。島さんがあおぞら組の活動を話しに行った先の小学校の六年生からだった。

同級生二人と一緒に、小学生はあおぞら組に入会した。次代を担う一二歳の組員が、ホームページの発信情報を集めるために大間を駆け回っている。

二一世紀。力を伝え合って人が生きる。それはいずれ大きな風となって、地域へ――。

風の肖像　VIII

集う・語る

〈集う・語る〉——————————

「つながり」を力に活動する人たちの思いが重なり合う。登場した21人のうち9人が集い、識者と語り合った。語り合いのテーマは「いのち・自然とともに」「こころ・生きる力を求めて」「市民社会・ネットワークに生きる」。地域に生きる私たちの歩みは一つになって、新しい時代をつくる風になる。

座談会「いのち・自然とともに」

酒勾 徹・中村桂子
中山信子・細川 剛

「生きるということはつながっていくこと」

複数の視点

細川　森で寝起きしながら写真を撮ってきました。ある日ブナの大木の傍らで、小さな実生を見ていて思ったことがあるんです。

「この木は樹齢何一〇〇年だ」とか、「実生が大木にまで育つ確率は何万分の一だ」とか、僕はそんな価値観にとらわれて、いのちとちゃんと向き合えていなかったのではないかって。頭で理解してしまうことによって、いかに僕たちが不自由になっているかに気付かされた。

中山　私は週一回、病院ボランティアとして患者さんの身の回りの世話をしたり、話を聞いたりしています。
　患者とボランティアという立場の違いを超え、その場に一緒にいる、ともに歩むということを大切にしてきました。そこで気付いたのは、人はそれぞれ違うということですね。だから話を聞くことが大切。いまは聞くことの訓練を重ねています。

酒勾　中山間地で百姓をしています。暮らしを自分自身で賄いたいと思っていますが、食べるものを自分たちの手で作るといっても、実はそれはおこがましい話だと気が付いた。
　作物は自ら育っているんですよ。私たちはそれを手助けしているにすぎない。いのちを自分の手で賄うということは、既に成り立っている自然の流れに身を置くということでした。

中村　関係というのは面白いですね。世の中には時計で動いている時間と、時計では割り切れない生き物の時間があるわけです。時間は一つじゃないんですね。いま人間はあたかも機械のごとく一つの時間を生きていて、生き物の時間と重なり合わないから悩んでいる。
　生き物の時間を思う。そこから複数の時間を考える。関係についても、複数の視点を持つこと。それはとても大切なことだと思いますね。自然と言ったって、トータルな自然で見るんじゃない。患者さんと言ったって、それぞれが違う。皆さんは周りの関係をひとかたまりにせずに、一つひとつを見ることから始めている。そこがいい。

強さ教わる

細川　ブナの実生は芽を出したら、そこにいることを受け入れて生きていくしかない。でも、運命を受け入れるって一見受動的なようで、実は非常に能動的なことなんですよね。

中村　地球上のあらゆることの元は植物がやってくれている。人間はそのいのちをいただかないことには生きていけない。はるかにあちらのほうが強いですよね。生態系でも植物は動けないがゆえに、身の守り方や闘い方はすごい。

中山　ボランティアよりも患者さんの方が強いと感じることは多いですね。活動を始めて九年になりますが、自分が患者さんを支えているようで、実は逆に患者さんから支えられているとつくづく感じる。

死と向き合って生きる人からは、生きるうえで大切なことをたくさん教えられます。

酒匂　似たような感覚は野菜作りにもあります。大根を作る時、かつては畑にある大根以外のものはすべて敵みたいに思っていた。雑草があれば抜かなきゃ駄目だ、虫がくればつぶさなきゃ駄目だって。でも、大根のいのちは大根だけでは絶対存在し得ない。いろんなつながりの中で存在している。今までいらないと思ってきたものが意味を持つ。競争や排除の視点を離れてもうちょっと長い時間、広い空間で見るとすごくいい関係がある。それが徐々に分かってきました。

細川　森の中は関係が濃密です。混とんの調和みたいな、食う食われるも含めて、全部が関係。その関係を身近に感じられると、森の中に一人でいても寂しくなくなってくる。

中山　人間は一人では生きられません。本当にそう思います。胸が詰まるような思いをしている患者さんやその家族はなおさらでしょう。私たちが話を聞くことで少しでも楽になってもらえたらと。

中村　人間も他の生き物も、何らかの関係の中でなければ生きられないんですね。

それは「共生」ということ。「仲良く一緒に」という意味に誤解されているけど、一人ひとり、一つひとつが一生懸命生きて闘った果ての姿ですね。結局、生き物は一緒に生きるしか生きる道はないということが分かった姿だと思います。

細部にこそ

酒匂　一歳半の子供がいるんですけど、人間も作物と同じだなって実感します。子育ては、育てるんじゃない、育つ条件を整えてあげるんだと。

中村　私たちはこのごろ何でも「つくる」と言いますよね。どんどん進めると、クローンみたいな世界に行く。何でも自分たちがつくっているという感覚はやはりおこがましい。

細川　樹齢一〇〇年の木だから貴重だ、なんて僕らは人間の価値観を押しつけてしまう。だけど、植物には植物の、動物には動物の、それぞれの尺度があるんですね。森は貴重で、身近な河原は貴重ではないというのでは、森が貴重という言葉が怪しくなってしまいますよ。

酒匂　作物たちが生き生きしているのを感じられて初めて、自分が作物とのいいつながりを作り出せる。それがだんだん分かってきたんです。気付いた瞬間に幸せを感じます。

中村　いまは畑の大根がどう育つかということより、地球環境問題を語った方がとても偉いような風潮があるけど、実は大根のことをじっくり見ないと地球環境は論じられない。

「神は細部に宿る」という言葉が私は好きなんです。自然を見るということは細部を見ることだと思いますよ。

中山　私は病院から帰ってくると、「ボランティアができる自分はありがたい」とつくづく思うんです。自分を患者さんと比べるのではなくて、「いまの自分はいましかない」という気持ちになれるから。人間も動植物も限りあるいのち、ということを見失う時がある。限られていることにしっかりと向き合って生きていきたいですね。

細川　写真家といっても僕は芸術家じゃない。自然から手紙をもらい、届けているようなもの。優秀な郵便屋さんになって、手紙をちゃんと受け取り、配っていけたらと思う。

中村　三人が生き生きしているのは、背後にいのちや自然を見ている自信があるからですね。生きるということはつながっていくこと。それぞれの立場で皆さんの思い、楽しいっていう思いを広めてください。

座談会「こころ・生きる力を求めて」

桑山紀彦・立松和平
千葉俊朗・新妻香織

「それぞれができることを謙虚にやり続けていく。そうすれば、気持ちは響き合いますよ」

変わる自分

新妻　アフリカに木を植える活動をしています。きっかけはエチオピアで一羽のフクロウと出会ったことでした。私は植林のプロでも海外援助の専門家でもありません。だから活動に「ねばならない」はない。こだわっているとしたら、自分の生き方ですね。五年間のアフリカの一人旅で私は自分を見つめさせられた。いったいおまえはどう生きたいんだって。活動はそれを教えてくれたアフリカへの恩返しなんですよ。

千葉　百姓をやりながら、家の近くにある宮城県の蕪栗沼でガンなどの渡り鳥や魚、水草の観察会などを開いています。

つくづく思うのは、人間って変われるもんだなあってことです。自然保護なんて関心がなかった私が沼や渡り鳥の大切さを説く人と出会い、コロッと変わった。コメを食い荒らす害鳥と思っていた渡り鳥に、いまは「よく来たな」「来年も来いよ」って声を掛ける。自然とつながって、地域のみんなと楽しんでいるいまが最高に幸せです。

桑山　ソマリアやカンボジアなどで難民救援活動に取り組み、現地で見たこと感じたことを映像と音楽で構成したステージで伝えています。

テーマはいろいろあるけど、やっぱり自己改革かな。僕はコンプレックスを抱えて生きてきた。世界にふれることで自分を嫌いと思い続けた自分を見つめ直せたんです。そのまんまでいいじゃないか、去年より一ミリ、一センチでも変われる自分っていいじゃないかって。伝えたいのはそんなメッセージなんです。

立松　三人とも大きな世界を持っていて、いい人生を送っていますよね。活動は周りも良くしたんだろうけど、一番良かったのは自分自身。だからみんな生き方の問題になる。

僕も六年前から鉱山開発で荒れた古里の栃木県足尾の山で植林をしています。ノルマじゃない。人生の楽しみなんです。足元が危ういこの国で、僕も皆さんと同じように足元のことをやりたいと。一方的に施しているんじゃない。実はもらうものの方が大きい。そういうものに出会った人は幸福ですよね。

子らに託す

桑山　ステージをやっていて、子供たちが熱くなっていくのを感じることがあるんですよ。東ティモールに血圧計を贈りたいと手をあげた中学生たちがいた。子供たちは具体的な一歩を待っているんだなって。

新妻　うちでも地元の高校生が活動に参加している。子供は一つ投げかけると、そこからどんどん思いを発展させていくんですよね。「最近の子供たちは」なんてよく聞きますけど、それは大間違い。子供が生き生きできる場を提示できない大人に問題があるのかも。

桑山　世の中情報があふれていて、「難民問題？　どうせ国連がやるでしょ」なんて大人たちは冷めてしまっている。そんなこと言っていると、子供たちは全然動けないわけでしょ。

千葉　「探検隊」と称して一緒に沼で泥だらけになって遊んでいると、子供って素晴らしいなあって思いますよ。素直に喜んで感動して自然とのつながりを体で感じている。「沼は危ない」と言う大人もいますが、子供は自然に対応するすべを自分で知ってますから。

立松　やっぱり精神のリレーみたいなものを託すとしたら子供でしょうね。

桑山　子供たちは熱い大人を待っているんじゃないですかね。照れくさいことも物おじしないで言える大人たちを。そんな大人がつながっていけたらいい。子供たちはそれにちゃんと反応してくれますよ。

僕はこの連載「風の肖像」を読んで、こういう大人たちが東北にちゃんといるんだって思ったんです。僕自身が胸が熱くなりましたよ。熱い大人たちが子供たちを熱くする。それを次の時代へ。つながりですよね。

千葉　自然保護なんて特別な連中がやっていることと思っていたけど違う。ごく普通の人たちが当り前のことをしているんですね。私だって変われたんだから、みんなも変われるんですよ。実際、当初活動に反対していた周りの人たちも、気付いたら協力者になっていた。

立松　いまの日本では子供を喜ばすためにモノをあげたりすることしか、大人は考えられなくなっているんだよね。現実に子供たちの笑顔を見ることができなくなっている。

やっぱり一生懸命にやる大人がそばにいると子供は影響を受ける。これはいま生きている大人たちの問題ですよ。

謙虚に継続

新妻　活動の一歩は思えば無謀でしたよ。予算も計画もない。通帳から引き出した一〇万円を手に全国キャンペーンを始めたんです。そしたら、そんなばか者を受け入れてくれる人があちこちにいて。一カ月半で経費を除き三〇〇万円の資金が集まってしまった。一歩踏み出せば思いはかなうんですよね。

千葉　私たちの活動も似たところがある。仲間の話し合いはいつも即決なんです。考える前に動く。

面白いもので、みんながその気になるとたいていのことはうまくいくんですよ。

立松　計算しない、何も知らない強みってありますね。そういう初々しさをいつまでも持っていると、人間はいつも魅力的なんだと思う。

桑山　頭ではなくて気持ちでつながることですね。世の中バーチャル（仮想現実的）なものが増えているけど、沼で感じた風とか、水の冷たさとかを身近に感じることってとても大切だと思います。新妻さんも千葉さんも地域が舞台。ものすごくいいなあって思う。

僕が伝える舞台は海外、映像の世界なんだけど、やっぱり現場のリアリティーをそのまま伝えたい。「あの国のあの子に会ってみたい」。そんな思いを大事にしてもらえるようステージを続けていきたい。

新妻　最近は自分も何かをやりたいって人が増えていますよね。子供だけじゃない。実は大人も待っている。何かやりたいんだけれど一歩踏み出す勇気はない。でもだれかと一緒なら自分もできる。そんな思いをつなげていけたらいいなあ。

立松　いまのわれわれは行き場をなくして立ち暮れているんだよね。僕はこんな時代に「貧者の一灯」を言いたい。

お金持ちが人を雇い、お釈迦《しゃか》様を一万の灯明で飾る。貧乏なおばあさんは一つの灯明しか寄進できない。そこに風が吹く。灯明は全部消え、一つだけ残ったのはおばあさんが心を込めた灯明だった。

仏教説話です。それぞれができることを謙虚にやり続けていく。高ぶったり、おごったりすることなく。そうすれば、気持ちは響き合いますよ。

座談会「市民社会・ネットワークに生きる」

栗原　彬・斎藤美和子
高橋保広・根本あや子

「顔が見えて互いの名前が言えるつながりって大事ですよ。そこからすべては始まる」

◎

皆が主体に

斎藤　国際貢献と地域貢献をめざした市民サークルを石巻市でやっています。中心商店街の空き店舗に交流の場を開いて思ったのは、場が一つあるだけで街には新しい交流が生まれるということですね。外国人が来る、小学生も高齢者も、市長も議員も。肩書も何もない。まっさらな個人が素直に地域での自分を見つめて集まってくるんですよ。地域の人たちはこんな場が欲しかったのかなって思っています。

根本　青森市の商店街の真ん中に精神障害者のオープンスペースを開き、運営しています。私は公務員を辞めて古里に戻ったんですけど、社会の従来の関係からはみ出してみれば、世の中には対等な関係が非常に少ないなと感じました。

まして精神障害者は施設に隔離され、決定の場に参加できないことが多い。だれもが暮らしをよくするために発言できる仕組み、対等でオープンな関係を街に築けないかなと。そんな願いが原点にあります。

高橋　新庄市で百姓をしています。仲間とつくったグループで首都圏の消費者たちと交流している中で、つながりの力をとても意識している。

自分はなぜ百姓をしているのか、だれのために作物を作るのか、前は分からなかった。いまは違う。つながった相手から教わる。問題があると思えば、自分たちで水質や土壌の調査もする。自分たちでできないことも、だれかが必ず名乗り出て手伝ってくれるんですよ。思いがつながっていくのが楽しい。

栗原　皆さんには共通点がありますよね。言い方は違うけど、まず自分の活動を「楽しい」とおっしゃる。そして自分たちの手で開かれた場、風通しのいい場をつくり、旧来の関係を崩していこうとする。

福祉をする人と受ける人、生産者と消費者。そんな分割を超え、みんなが主体という関係をめざすんですね。一人ひとりが主体になろうと。そういう場こそが地域になっていく。人が出会って地域。行政単位ではない意味のね。三人とも人間が魅力的という点も大きい。

顔が見える

栗原　皆さん、地元の共同体の古い体質を乗り越える難しさもあったでしょうね。

根本　街の真ん中に精神障害者のオープンスペースを開くのは不安でしたね。目立たないよう小さな看板を掲げたりして。でも、始めてみたら違いました。スペースの利用者が商店街で買い物したりして地域の人とだんだん顔見知りになる。顔が見える関係で知り合うと、抵抗はなくなっていくんです。

斎藤　うちのサークルにはアジアだけでなくアフリカの人も来る。最初は違和感を持った人たちもいたけどいつの間にか友達になりました。互いに冗談を言い合って、いまではすっかり近所の一員です。

栗原　顔が見えて互いの名前が言えるつながりって大事ですよ。「差別をなくそう」なんて抽象的なことではない。そこからすべては始まる。

高橋　活動を始めたころは、私らも「変わり者」って見られていたなあ。いまも農協を通した出荷をしていないので邪魔者視されているけど。

自分のこと、収量のことしか考えない農業になって結いがあった地域はバラバラになっていった。それが嫌で仲間の輪を広げ、いまのネットワークがある。古いシステムでは消費者が望む環境保全型の農業はできないんですよ。助け支えてくれる新しい輪のようなつながりがあるから、やっていける。

斎藤　ある程度自分たちをさらけ出して、人と人のつながりはできるんだと思う。いままでのボランティア活動は「私たちはあなたたちとは違うのよ」という感覚があった。そうではなく、自分たちの基盤は持ちつつ、いろんなところへ手をつないでいく。実際に私たちの活動は農業や福祉まで幅広い活動になろうとしています。

栗原　皆さんは自分たちの活動を相対化できる視点が共通しています。

高橋　都会の女性が化粧をぼろぼろにして草取り作業する姿に感動しましたよ。三〇代の会員は「都会との交流で百姓の自分を確かめられる」と言った。行ったり来たりの関係で自分たちが変わっていくこと、気付いていくことが楽しい。

根本　自分を隠さず、さらけ出す関係は、来る人がお互いをある程度分かっている青森のような地方の都市だからできたのかもしれませんね。

斎藤　私も石巻のような街の規模だからできたと思う。

対等な関係

栗原　三人ともまさに「風」ですよ。強いきずなというより、風のようなさわやかな出会いの連鎖。そこにネットワークが生まれるんですよね。

これまでの社会のように、集団がピラミッド型になっていて頂点の人が威張っているんじゃない。活動が単発的ではなく複層的なところが新しい。

高橋　最近は一極集中じゃ成り立たなくなったって実感しますね。農協や行政から漏れたところに人も情報も集まる。自分たちがそれを受け入れられる窓口かも、と自覚した時から、いろんなことが始まった。

斎藤　交流の場を支えているのは主婦や外国人です。今まで地域社会の周縁にあった力ですよね。その力をもっと交流活動や街づくりに吸い込めないかなと思う。地球全体を考えながら、まずは足元から。街の一角から発信していきたい。

高橋　新庄の近くでは外国人花嫁が地域の力になっている村もある。だれでも区別なく、元気になれるような空気を地域で育てていけたらいいね。

根本　思うことが言えなかった人たち、排除されていた人たちが物を言える社会にしたい。自分の障害を克服してから社会に出てくださいというのでは、障害者はすごくつらい。逆に社会の方が入り口を広げていけないかなと思う。上下でない対等な関係を築きたいですね。

高橋　輪になるのが一番いいですよ。行ったり来たりが、スッスッとできるもの。

根本　偶然の出会いが思いがけず、いろんな人とのネットワークを築いていく。人のつながりは面白い。街の中でみんながつながりを実感しながら暮らしていければいいですね。

栗原　社会が変わるとすれば地方からですよ。政治の流れも既にそうですが、皆さんの話を聞いていると、市民や住民が下からつくりあげていく公共性というものを感じる。

足元から一人ひとりが主体の公共性を持つ活動が層をなしていけば、本当に社会は変わっていく。寸断され尽くした社会に新しいつながりが生まれる予感がします。いままで通り「みんな一緒に歩いていこうよ」と呼び掛けるスタイルの活動を続けていってください。

座談会「世紀を生きる」（司会――一力雅彦・河北新報社代表取締役専務）

中村桂子

Nakamura Keiko（写真・中）

立松和平

Tatematu Wahei（写真・左）

栗原　彬

Kurihara Akira（写真・右）

中村桂子（なかむら・けいこ）さん――1936年生まれ、東京都出身。三菱化成生命科学研究所研究部長、早稲田大学教授を経て93年から大阪府高槻市のJT生命誌研究館副館長、現在同館長。生命を軸にした世界観を探る「生命誌」を提唱し、実践する。著書に『自己創出する生命』『ゲノムを読む』『生きもの感覚で生きる』など。

立松和平（たてまつ・わへい）さん――1947年生まれ、宇都宮市出身。作家。野間文芸新人賞の『遠雷』に連なる「遠雷四部作」で、都市化する農村を舞台に土地の荒廃と人間を描く。他にライフワークの足尾鉱毒事件を追う『毒―風聞・田中正造』『恩寵の谷』など。行動派作家として植林など環境活動にも取り組む。

栗原　彬（くりはら・あきら）さん――1936年生まれ、宇都宮市出身。立教大学教授を経て、現在明治大学教授。専門は政治社会学。水俣フォーラムなどの市民活動、社会運動に自らかかわり、日本ボランティア学会の代表を務める。著書に『やさしさのゆくえ＝現代青年論』『人生のドラマトゥルギー』など。

共感から／時代を開く力　日常の中に

世紀のまなざしが一つひとつの「風の肖像《かたち》」の上に浮かび上がった。「つながり」を力に生きる人たちから届いたメッセージ。時代と人間を深く見通す三人の識者が、連載を基に、二一世紀の座標軸を探り合った。

＊

――連載は二一世紀に求められる地域の視点を一人ひとりの姿を通して見てきました。まず連載と語り合いの感想を。

立松　大きく言えば、いまは冷戦構造も消え、世界観の対立がない。ある意味で無風の時代です。無風だから穏やかでいいというわけではない。むしろ虚無的で希望がない時代。だからこそ風が欲しい。
連載は自ら風を起こす人たちの意見と行動をルポした。自分の世界観に根差した行動がないと風は吹かない。どんどんストレスに襲われる。そういう認識があるから、風を起こす一人ひとりの姿が胸を打つんですね。

中村　まったく同じことを感じました。この世の中、嫌なことが多く、虚無的になるときもあります。でも、受け身でなく、自ら動けば生きる喜びを感じるし、周りに風も起こせる。
小さな日常の中に、風がこんなにもたくさんあることに未来を感じられて元気になりました。「生きているっていいことだよね」、そんな気持ちになり、読んでいてホッとしました。

栗原　連載には大きな物語はない。小さな希望が掘り起こされる。それが大きな希望として伝えられるんですね。

登場した人たちには「組織」はなく、ただ「場」がある。そこに顔を持った一人ひとりが出てくる。建前的な看板もない。たとえば、ガンが来る沼を守る活動でも「環境保全に協力を」ではない。「ガンを見に行こう。すごいよ」という言い方。みんながリラックスしている。口をそろえて「楽しい」と言っているのが印象的だった。

——時代が変わってきたという印象がありますか。

中村　新しいことを始める活動と言えば、これまでは反体制というか、よろいをまとうようなところがあったけれど、ここにあるものはどれもそうではありません。大きいことに向けて騒ぐのではなく、活動はみんな小さな日常の中にあります。これからの新しいことはこんなところから始まるのだろう、と感じました。

立松　対立して動くんじゃなく、自分の行動の中から何かが生まれる感じですね。今の政治の状況、選挙などもそんなふうに動いています。時代の全体的な動きの象徴のようだ。

栗原　楽天主義が基本にあるんだと思いますよ。ある覚悟を持った楽天主義。自分の行動にある種の覚悟を持っているところに打たれます。

立松　自分の生活と密着していて無理がない。普段着だからこそ毎日できる。淡々とした日常性というのがいいんでしょうね。活動の先に何があるのか、ではない。物質的に豊かになろうなんて気持ちはない。まず満足する。そこが新しい。

栗原　連載の人たちは頭で理解する人たちではない。すべて身体です。一年のうち三〇〇日も森に入り、自然との関係を知ろうとする人がいる。浜辺で仲間と寝そべり、そこから浜を守ろうとする人たちもいる。

これは「身体知」という一つの知の在り方ですね。連載はそんな知の素晴らしさにも鋭く迫っていたと思う。

中村　研究をしていて強く感じるのですが、いまの世の中は結果をまず問います。一刻も早く結果を求めようとします。でも、生きるというのはプロセスですよね。プロセスを楽しまなければ何の意味もない。活動はやっていること自体が楽しい。連載はそのプロセスを見ているものばかりで、生きている実感を感じとれました。

時代と人間／対立超え複数の物差しを

――二〇世紀を振り返り、二一世紀という時代と人間のかかわりを展望してください。

中村　二〇世紀は人権という言葉が生まれ、あらゆる人が等しく大切にされることになり、いかにもいのちを大事にした世紀のようでありながら、実は戦争の世紀だったし、機械の世紀だった。いのちの本質を見失っていた気がします。

立松　何でも対立で物事を考えていたのが二〇世紀だったと思う。帝国主義や植民地政策という時代があり、対立構造が冷戦構造になっていく。対立するがゆえにわれ存在せりというような、対立によってようやく存在意義を確認するという世界観。これは非常に危うい。

栗原　二〇世紀はさまざまな関係の切り方を経験した世紀でした。ファシズム国家なら皆殺し、社会の中でいのちの選別が進んだ。いまもグローバリズムなどといわれるが、裏にあるのは優勝劣敗です。何をしようと自由という競争原理の下で絶えず優勝劣敗が付いて回る。そこに優生思想の忍び込む余地もでてきます。

中村　二〇世紀はやっぱり答えが一つの時代でしたね。一つの物差しで時間も価値観も何もかも切りまくった。あなたは〇、あなたは×、どっちが上でどっちが下、健康だからいい、病人は駄目というように。

――新世紀は対立や二者択一を超えた価値観が必要になります。

中村　いま大事なのは複数の物差しですね。それもバラバラな複数では意味がない。座談会の前に語り合った病院ボランティアが、病気の人にも健康な側が教わる大切な価値があると話していたのが印象的でした。連載で提示されたような、つながりのある複数の関係に立ちたいと思います。

立松　世の中を見ると、自然の成り立ちも、対立しているようで実は対立しない関係ですよ。例えば、生物間の食物連鎖にしても対立じゃない。本当はもっと複合的で、互いに生きようとする関係ですよね。

中村　現代生物学が明らかにしたことの一つは、地球上の生き物は祖先を一つにし、基本的には同じだけれどそれぞれ違う、それぞれ違うんだけれど生きているという点では同じ、ということです。

もうひとつ、生き物は矛盾を抱えている、生きるダイナミズムは矛盾があるから起きるということも分かってきました。矛盾を解消するのがいいと思ってきたのが二〇世紀。でも、矛盾が消えたとき生き物に起きるのは死なんです。

立松　いまの社会に似ているような気がする。世界観をつくっていく構造が対立概念から抜け出していかないと、二〇世紀から二一世紀にはなれないんじゃないか、とぼんやり僕は考えています。

栗原　連載に登場した人たちは、いろんな言い方だけど、みんな「つながり」を語っていました。それは、その前に関係が切れていることへの痛みや自覚があるからなんですね。

福祉で言えば、人間関係をいったん切り、障害者を福祉サービスの受給者と位置付ける。人工的につながりがあるように見える関係をつくってきたが、それでは障害者がいやされることはない。そこで、ともに歩むという関係に立とうとオープンスペースを開く人が出てくる。

それぞれの現場で、切れている関係をどう組み替え、つなぎ直していくか。悪戦苦闘だけど、それが二一世紀に必要な希望の見える方法でしょう。

社会と個人／穏やかな共生感を楽しむ

――連載はいろんな「つながり」を力に生きる人たちを紹介しました。人と自然、個人と社会。時代をつくる力としての「つながり」についてどうですか。

立松　僕がいま一代記を書いている道元の『正法眼蔵』には、「布施」ということが書いてある。海は山に布施をする、山は海に布施をするというようなこと。いまふうに言うと「森は海の恋人」ですね。

お互いに何の利益をもたらさなくても、互いが布施をし合って成り立っているのが、この世の中だという。布施の世界観で見ると、人間は何をすべきかが自然に見えてくるんですよ。

中村　いのちって何か。一言で言うと、それはつながりなんですね。連載の方たちはみんな、自分とブナの実生、自分と大根といった小さなつながりの中から、大きないのちが見えてきたとおっしゃっています。

海も山もつながった関係の中に人間もいるわけで、自分だけでは生きられない。もちろん自分がしっかり生きるということが前提だけれど、さまざまなところにつながっていることに気付くか、気付かないか。布施とはそんな意味なんだろうと思いました。

立松　確かに連載の人たちは「してあげる」ではないんだと言います。何かをすることで自分に必要なものが向こうからもらえる、学ぶことの方が大きいと。結果的にそういう関係が結べて初めて、関係は持続的になる。一歩が踏み出せる。

栗原　市民活動で言うと、それはネットワークという関係になります。米国ではフリースクールならフリースクールだけをつなぐという機能が単一な関係を結ぶが、日本は違う。

環境活動と人権活動が結び付くといった非常に多層的な営みが生まれている。連載でも有機農業で産直をしていて、水質検査や環境活動に発展した農家のネットワークが紹介されました。多層的、重層的なつながりが力になっていくんですね。

立松　大切なのは緩やかな共生感でしょう。かつてのむら社会といわれる中にあった縛りのあるものじゃない。

風を起こしている人たちの周りには、自分の体に合ったシャツを着るような、自己実現できるコミュニティーが自然にできあがっている。それはその人にとっては、とても楽しいし、社会にとっても意味がある。

――過去といまのつながりについてはどうですか。

栗原　連載では山林を伐採したことへの悔恨から植林している製材業者や、花岡事件の自分の過ちの記憶を語りだした人の姿が紹介されていました。

だれかに押しつけられたわけではない。いま自分がしなければ、という心情。次の世代につないでいくという時間のつながりに対する責任です。

中村　時間という縦のつながりですね。そろそろ次の世代にバトンを渡すべき世代として、私は最近落ち込んでいたのです。こんな時代になってしまってどう責任を取ろうか、こんなものを渡していいんだろうか、と。

でも、連載にあったような一人ひとりの小さな営みの先にある小さな未来は楽しくなりそうで明るい気持ちになりました。四〇億年続いている生き物の歴史もそうやって一年一年つながることでできてきたわけで、一歩一歩が大事なのだと思います。
立松　世代を超えた精神のリレーは大事ですね。
中村　時間的にも空間的にも複数のつながりをつくっていくと、社会も個人もとても豊かになるんじゃないでしょうか。

地域と一歩／発信する個が出会い輝く

――「風」について伺います。「つながり」に目覚めて地域で動き出した人たちに連載は時代をつくる力を見ました。
栗原　「地水火風」から東北に合った言葉を、と言われたら、いまの市民活動の現場を知らない人は「土」を選ぶでしょう。でも、連載で示された力はどう見ても「風」です。
　人と人の出会いが大切で、それがネットワークになる。組織の強さはないが、逆にしなやかで軽やかな場をつくる。風という比ゆはぴったりだ。風はこれからの市民活動の主体になっていく力だと思いますね。
中村　風はここでは吹いているけれど、あちらでは吹いていなかったり、ある時吹いていたけれど、ある時は吹いていなかったり。土と違ったフレキシビリティー（柔軟さ）がいいですね。
立松　風はやり過ごしてもいい、乗ってもいい。自由闊達だ。
栗原　古いタイプの土型は、ピラミッド型の組織があって、その中に役割がきっちり決められる。風型の新しい活動は組織や集団が前提にない。あるのは個と個です。責任分担よりも、自分はこういうことをやるよ、と言い出して動き出す。

連載の人たちは土地にべったりということではなかった。一度地域を離れたり、都会の人を巻き込んだり。風になって、土地を客観的に見ていました。

――地域からの一歩、風がどんどん吹く社会に期待したい。

栗原　最近はＮＰＯ（民間非営利団体）が軽やかな風のような運動体として期待されています。私もＮＰＯの旗振り役の一人だったが、市民活動の組織としてしっかりした一方で壁もある。始めにお金ありき、組織ありきの議論が目立ち、一人ひとりの主体性が軽んじられていないか。注意が必要です。

中村　ボランティアというものをもう一度とらえ直す必要はあるんでしょうね。

日常の小さなことに取り組むことなしに、大きな活動に走るのはどこか変だと思います。病気の人の世話をする中で、いのちを思う。大根を作る中で自然を思う。地域で動き出した連載の人たちのような一歩の上に、時代と社会はできていくのでしょう。

立松　ボランティアというのは、楽しみということ。敵だった渡り鳥のガンを守る側になり、ボランティア活動をしている農家の人がいた。自分がガンから学ぶものを知り、楽しみを知った。

特別なことじゃない。日常的な感覚から活動は始まる。だから連載の人たちはみんな光り輝いている。風を起こすのは快感、生きる楽しみです。

栗原　大切なのは自分から発信するということでしょうね。だれかの命令を待っているとか、指導を待っているとか、そういう活動とは全然違う。

自分が風を起こす。そして風を受ける人とともに動き出す。あくまで、その人たちの関係は対等なままなんですね。

立松　自分が走れば、空気との抵抗があってそれが風になる。風を起こせば遮るものが絶対出てくる。でも、めげることなく、謙虚にそれぞれがやれることをやり続けること。語り合いでも言ったことだが、仏教説話の「貧者の一灯」です。

「布施」は責務ではない。もっと素直な気持ち。僕も植林の活動をしている。それは気分がいいから。小さないい気分が人を動かすんじゃないですか。

希望へ／地域の視点　世界を動かす

――私たちはこれから二一世紀を歩んでいきます。あらためて新時代を生きる視点について。

中村　生き物の研究に携わっていて願うのは、みんなが「生きていてよかったなあ」と思える時代になることです。

私は仕事ですから、生命や人間、自然の視点をことさら取り上げるようになりますし、これまではそれを言う必要がありました。でも、人間のいのちが自然とともにあるなどということはいまさら言うまでもないはずの当たり前のことです。いのちや自然のことを声高に言わなくてもすむ社会になってほしいと思います。

栗原　大切なのは聞こえない声を聞くことだと思いますね。木を切り払ってしまった森で自然の声を聞く。福祉の現場で肩身の狭い思いをしている障害者の声を聞く。連載の人たちは声にならない声に耳を傾け、一歩を踏み出していました。

私が長年かかわっている水俣病患者のこと、最近ではハンセン病患者のことを思ってください。抑え付けられている声は社会にいっぱいある。そこに鋭敏になっていきたい。その人たちが不幸なままだったら、僕らは本当に幸福なんだろうかと。

立松　生命や時代というものにふれていくと、だんだん宗教的になっていく。聞こえない声を聞くというのは仏教で言えば観音、観世音です。

実は、人は何千年も前からそうしたことを考え続けてきた。そして何一つ解決せずにいまも生きている。だから僕は、二一世紀になったからどうする、といった特別な思いは持たない。

中村　生きていくことに答えなんかありませんね。もし、答えがあったら生きていけない。お釈迦様の時代から地域の人たちが思い悩んできたことを、やっぱり同じように繰り返していく。それが生きていくってことであって、答えを出すことではないという気持にならないと。

立松　答えは急がない。「なぜ人を殺してはいけないか」なんて、テストで尋ねることじゃない。一生かけて一人ひとりが考えていくことです。

――連載に登場した人たちの活動の舞台は東北でした。最後に東北、そして地域に生きる私たちへのメッセージを。

中村　語り合いでも言いましたが、「神様は細部に宿る」という言葉が好きです。生物を見ている時の実感であると同時に、それは社会にも言えることだと思います。細部にこそ真実がある。

　地域に根差すことが実は日本、世界、地球に通じる。世界のことを世界から考えても分からない。地域の視点から向かえば、世の中が良くなっていくような気がします。「風の肖像」の人たちのように。

栗原　私は毎年ゼミの学生と山形県高畠町に行きます。そこで農家の人たちが水俣展を企画したことがありました。一見無関係のようだが、化学物質のあり方を問うということで有機農業に取り組む高畠の農民と、水俣病の被害者はつながったんです。

　異なる小さな活動が連携していくこと。これからはそれがとても大切になる。風の連携を広めていってほしい。

立松　僕は栃木県で生まれ、東北の風を背中で受けて育ってきた。最近もあちこちに出掛けているけど、東北の人たちは細部でちゃんと生きていると感じさせられる。いまのままでいいじゃないかと。連載はそういう自分たちを見つめ直す、一つの風土の発見の機会でしたね。

――地域に生きる私たちの一歩から新しい世紀の希望を開いていきたいと思います。ありがとうございました。

登場した人たちの連絡先

●見つめる

細川剛さん〈森と人〉――青森県十和田市
電子メール＝GZS00253@nifty.com

中山信子さん〈いのちと人〉――宮城県仙台市泉区
ターミナルケアを考える会＝〇二二（二二五）三四二四

栗田和則さん〈むらと人〉――山形県金山町
暮らし考房＝〇二三三（五二）七一三二

●伝える

千田ハルさん〈記憶〉――岩手県釜石市
花貌＝〇一九三（二三）六二四六

中里栄久寿さん〈まなざし〉――青森県八戸市
はちのへ小さな浜の会＝〇一七八（四五）九四九五

高橋ヤスさん〈こころ〉――秋田県湯沢市
むかしがたり館＝〇一八三（六二）五五四〇

●足元から

小椋敏光さん〈再生〉――福島県舘岩村
きこりの森プロジェクト＝〇二四一（七八）五〇三九

斎藤美和子さん〈交流〉――宮城県石巻市
フォーラ夢《む》＝〇九〇（九四二四）七〇五五

千葉俊朗さん〈共生〉――宮城県田尻町
蕪栗ぬまっこくらぶ＝〇二二九（三八）一一八五

●ひらく

新妻香織さん〈一歩から〉――福島県相馬市
フー太郎の森基金＝〇二四四（三八）七八二〇

吉武清実さん〈一隅から〉――宮城県仙台市青葉区
つなぎっこ＝〇二二（二三四）七九二一

高橋保広さん〈一粒から〉――山形県新庄市
ネットワーク農縁＝〇二三三（二二）二三四二

●問う

菊田（現姓志賀）としえさん〈重さ〉――福島県いわき市
福島骨髄バンク推進連絡協議会＝〇二四六（三六）八三四三

岩田正行さん〈痛み〉――秋田県大館市
花岡フィールドワーク案内サークル＝〇一八六（四二）三九一八

酒匂徹さん〈豊かさ〉――岩手県東和町
自然農園ウレシパモシリ＝〇一九八（四四）二五九八

●結ぶ

根本あやこさん〈歩み〉――青森県青森市
ＳＡＮＮｅｔ＝〇一七七（三二）七七四一

椎名千恵子さん〈誇り〉――福島県梁川町
校舎のない学校＝〇二四（五七七）〇二五一

禹昌守（ウ・チャンスー）さん〈理解〉――宮城県仙台市若林区
仙台ハングル講座＝〇二二（二三五）八四七二

●地域へ

桑山紀彦さん〈世界とともに〉――山形県山形市
国際ボランティアセンター山形＝〇二三（六三四）九八三〇

小地沢将之さん〈街とともに〉――宮城県仙台市青葉区
アーバンネット＝〇九〇（六六二六）九八五〇

島康子さん〈古里とともに〉――青森県大間町
あおぞら組＝〇一七五（三七）二〇七一

あとがき

むらで街で、森で田んぼで――。

「大切なもの」を胸に生きる人たちの目はみんな光り輝いていた。道標を失い、閉そく感の中で嘆きだけが飛び交う日本の今を見るにつけ、地域で確かな歩みを刻む二一人と出会い、生きる力を追った記録は大きな意味があったという思いを強くしている。

本書の元になった連載企画は、河北新報朝刊の一面と三面を中心に二〇〇〇年一一月から二〇〇一年五月まで、六九回にわたって掲載された。原題は「風の肖像《かたち》『つながり』明日へ」。二〇世紀から二一世紀へ、世紀をまたぐ大きな時代の節目をとらえ、明日へのまなざしを求めて東北の人びとを訪ね歩いたルポだった。

ご覧いただいてお分かりのように、二一人の中に高い位置から社会とかかわろうとした人はいない。「論」を振りかざす人もいない。日常の暮らしの場で、自分が信じるところに向かって小さな歩みを重ねている人たちばかりである。

共通するのは、さまざまな「つながり」の価値を大切にして生きる姿。人と人、過去といま、個人と社会、自然と人間……。二〇世紀が見失った「関係」を身近なところで紡ぎ直し、足元から行動を起こしている人たちから大切な「風」は吹き始めている。連載はそこに、新しい時代をつくる力があるというメッセージを送り続けた。

全体として「いのち」「こころ」「自然」「ネットワーク」「ボランティア」といった最近の地域社会を考える上で欠かせないキーワードが随所に浮かび上がる展開になった。登場人物の言葉はそのまま新世紀を生きるわたしたちの深奥に響く呼び掛けになっている。

連載の反響をまとめた特集に、岩手県紫波町在住のエッセイスト沢口たまみさん（一九八九年日本エッセイストクラブ賞受賞）から「まことの幸福を求めて」と題するエッセーを寄せていただいた。沢口さんは心酔する宮沢賢治の言葉を引きながら、二一人の姿にふれた感想をこんなふうにまとめた。


……紹介されている多くの方が、何らかの形で価値観の転換を経験しているところも、賢治のメッセージと重なった。童話「シグナスとシグナレス」はいっぷう変わった電信柱の恋物語だが、新式のシグナルが木製のシグナレスにプロポーズする場面では、こんなやりとりが交わされる。

「だってあたしはこんなにつまらないんですわ」

「わかってますよ、僕にはそのつまらないところが尊いんです」

あなたが今、つまらないと思っているその目の前のものは、ほんとうにつまらないのか。じつは尊く、宝石にも劣らぬ輝きを秘めているのではないか。価値観を転換せよ――。賢治はその作品を通し、我々に繰り返し、繰り返し、訴えているのであった。

そして「風の肖像」を読んでいるあいだ、私の頭に浮かんでどうしても離れない賢治の言葉があった。あまりにも有名な〈世界がぜんたい幸福にならないうちは個人の幸福はありえない〉という「農民芸術概論綱要」の一説である。

連載に紹介された二一人は、他者との「つながり」の中で生きる自分を強く意識している。多くはだれかを「幸せにしたい」「助けたい」という願いから活動をはじめ、結果として自分も「幸せになった」「助けられている」と実感している。そこには物質的あるいは利己的な満足感からは決して得られぬ心の幸福――賢治の言う「まことの幸福」がある……。

連載の内容が東北が生んだ二〇世紀最大の思想人、宮沢賢治のメッセージと重なるという指摘は、望外の喜びである。同時に、東北に生きる人たちの隅々に染み込む魂の力、そのよって立つところをあらためて見た思いでもある。

出版という機会を得て、より多くの人たちのこころに二一人の言葉が届き、暮らしの場である地域から「まことの幸福」をめざした歩みが始まることを願いたい。

最後になったが、取材協力をいただいた登場人物の方々、出版化についてご助言とご尽力をいただいた栗原彬先生、伊藤晶宣氏にあらためて御礼を申し上げる。

二〇〇三年五月

河北新報社編集局長　岡崎智政

風の肖像《かたち》──「つながり」生きる人びと

2003年７月25日　第１刷発行©

編　　　者	河北新報社編集局
カバー写真	細川　剛
発　行　者	伊藤晶宣
発　行　所	㈱世織書房
組版・印刷所	㈱マチダ印刷
製　本　所	協栄製本(株)

〒240-0003　神奈川県横浜市保土ヶ谷区天王町1丁目12番地12
http : //villrge.infoweb.ne.jp/~iwgi4541/index.html
電話045(334)5554　振替　00250-2-18694

落丁本・乱丁本はお取替いたします　Printed in Japan
ISBN4-902163-01-2